椿平九郎 留守居秘録1

逆転! 評定所

早見 俊

二見時代小説文庫

椿平九郎 留守居秘録1 ——逆転！評定所

目次

第一章　留守居役《るすいやく》

一

「これが、きりたんぽか」

大内山城守盛義《おおうちやましろのかみもりよし》は舌鼓《したつづみ》を打った。

盛義は横手藩《よこてはん》十万石の藩主、江戸藩邸から野駆けに出た向島《むこうじま》の百姓家できりたんぽ鍋を味わっている。

国許《くにもと》の名産でありながら、盛義はマタギの料理であるきりたんぽを食べず嫌いであったのだ。

鍋を作っているのは、馬廻りの一人、椿平九郎義正《つばきへいくろうよしまさ》である。歳は二十七歳、それほどの長身ではないが、引き締まった頑強な身体つきだ。ただ、面差《おもざ》しは身体とは反対に細面《ほそおもて》の男前、おまけに女が羨《うらや》むような白い肌をしている。つきたての餅《もち》のようで、唇は紅《べに》を差したように赤い、ために役者に生まれたら女形《おんながた》で大成しそうだ。

平九郎は百姓家の囲炉裏《いろり》を借り、鍋に鶏肉や牛蒡《ごぼう》、油揚げを入れ、醬油《しょうゆ》と味醂《みりん》で味付けをし、盛義や供侍《ともざむらい》、それに百姓一家にも振舞った。

みな、湯気を立てるきりたんぽ鍋に笑顔を向けている。

すると、

「大変だ！」

「逃げろ！」

外から甲走《かんばし》った声が聞こえた。

戸が開き、

「虎《とら》だ！　虎だぞ」

百姓が言った。

どうやら、浅草《あさくさ》の見世物小屋に運ばれる途中の虎が逃げ出し、近くにいるらしい。

大刀を引き寄せ、供侍は盛義の周りを囲んだ。

すると、凄まじい雄叫《おたけ》びが辺りを覆い、戸口が音を立て、家全体が揺れた。

虎が侵入してきた。

「殿、大丈夫ですぞ」

馬廻りの一人、秋月慶五郎《あきづきけいごろう》が必死の形相《ぎょうそう》で盛義の前に立った。両手を広げ、自分が盾《たて》となっている。盛義は箸と木の椀を持ったまま固まっている。恐怖に顔を引き攣《つ》らせ、腰を抜かしたようだ。

虎は唸りながら土間から囲炉裏を見上げている。

今にも飛びかかってきて、誰彼となく餌《えさ》にしそうだ。迂闊《うかつ》な動きが虎の猛威を誘いそうだ。

平九郎は大刀を抜き、虎の目を見ながらゆっくりと土間に降り立った。盛義も供侍たちも固唾《かたず》を呑んで見守る。

虎は爪を研《と》ぐように前脚を土間にこすりつけた。

平九郎は大刀を下段に構えた。真っ赤な唇を緩《ゆる》め、微笑を虎に送る。虎は平九郎を見上げたまま動きを止めた。

ゆっくりと平九郎は大刀を動かす。

平九郎の前に蒼《あお》い靄《もや》のようなものが架かった。小川のせせらぎ、野鳥の囀《さえず》りが聞こえる。平九郎は大刀の切っ先をゆっくりと動かす。

切っ先は八の字を描いた。

虎の目がとろんとなる。獰猛《どうもう》な獣《けもの》から家でじゃれる猫の目となっている。

平九郎は大刀を鞘に納めた。

靄が晴れ、平九郎は虎の首を撫でた。虎は気持ちよさそうな鳴き声を漏らす。

「おぼこいべ」

お国訛《なま》りで声をかけ、今度は優しく頭を撫でた。虎は寝そべり、やがて寝入ってしまった。

危機は去った。

ほっと安堵の空気が漂った。

が、それも束の間のことだった。外から切迫した悲鳴が聞こえた。

すかさず平九郎は表に飛び出した。

野盗らしき男たちが群れている。揃って月代《さかやき》と髭《ひげ》が伸び放題、着物の上から獣《けもの》の毛皮を重ね、山賊刀を手にしている。総勢十人余りだ。

山賊たちは百姓家に押し入ろうとしていた。食糧や金めの品を狙うのだろう。

「乱暴、狼藉《ろうぜき》は許さぬ」

平九郎は大刀を八双《はっそう》に構えた。

秋月も加勢に駆けつけた。

「殿をお守りくだされ」

平九郎が声をかけると、

「他の者たちがお守りしております。殿から椿殿に加勢するよう命じられたのです」

答えるや秋月は抜刀し、山賊の群れに斬りかかった。幅広の刀身、反《そ》りの大きな山賊刀が鈍《にぶ》い煌めきを放ち、秋月の大刀を受け止める。

青白い火花が飛び散った。

加勢に来た秋月に先を越されてしまった。

平九郎は身体中の血潮《ちしお》を熱くたぎらせ、八双に構えたまま敵に突っ込む。

山賊たちの荒々しい太刀筋を見切りつつ、平九郎は敵の手や太腿《ふともも》に狙いを定めた。大刀が山賊刀とぶつかり合うのを避け、敵が斬りかかってきたら退いて素早く指を斬る。山賊は指を切断され、地べたをのたうつ。

「秋月殿、殺してはならぬぞ」

声をかけつつ平九郎は敵と斬り結んだ。

山賊たちの戦闘能力を奪いさえすればよいのだ。その上で、町奉行所か火盗《かとう》改《あらため》に引き渡そう。

秋月の奮戦ぶりは凄まじく、肩で息をしながら激しく大刀を振るう。が、平九郎の目には肩に力が入り過ぎていると映り、秋月の身を案じた。

果たして、耳障《みみざわ》りな音と共に秋月の大刀が折れてしまった。強靭《きょうじん》な山賊刀とまともに、しかも何度も刃を交えた結果である。

山賊に囲まれた秋月を助けるべく、平九郎は山賊の輪に向かう。咄嗟《とっさ》に、地べたを転がり、敵の足首を斬りつける。山賊たちは悲鳴を上げながら身を屈《かが》める。

「椿殿、かたじけない」

秋月は頭を下げた。

山賊たちは残らず倒れ伏した。

その時、百姓家から盛義が出て来た。盛義は山賊たちが地べたに倒れているのを見て、

「でかした」

と、喜びの声を上げた。

すると、山賊の一人がむっくりと起き上がり、盛義目がけて駆け寄った。次いで盛義を背後から抱きかかえ、山賊刀を首筋に当てがった。

山賊は何処《どこ》も負傷していない。やられたふりをしていたようだ。平九郎は自分の甘さに歯噛みした。

盛義は恐怖で頬を引き攣らせた。

「身形《みなり》からして、身分あるお方だろう。人質に取るぜ。素性を確かめ、後で身代金《みのしろきん》を要求するよ」

山賊は盛義を人質にゆっくりと歩き始めた。

秋月は憤怒《ふんぬ》の形相で立ち向かおうとしたが、下手《へた》に動けば盛義が危ないとあって、身動《みじろ》ぎもできないでいる。それでも、

「拙者が人質になる」

と、強い口調で申し入れた。

山賊は聞き入れず、盛義を離さない。

ここで野獣の咆哮《ほうこう》が聞こえた。腹の底にまで響き渡る迫力に満ちている。山賊の足も止まった。

百姓家から虎が飛び出してきた。

虎は一陣の風となって庭を駆け抜け、山賊に躍《おど》りかかった。盛義は地べたに横転する。秋月が走り寄り、盛義の上に覆い被さった。

山賊は断末魔の悲鳴を上げながら虎の餌食となった。

平九郎は刀を鞘に納めた。

山賊を餌食とした虎が平九郎の前にちょこんと座った。

「おぎにな」

お国訛りで平九郎は感謝の気持ちを伝え、虎の頭をよしよしと撫でた。

時に文政《ぶんせい》三年（一八二〇）正月十日、初春の昼下がりだった。

「ええっ、わたしが留守居役ですか……ご冗談ですよね。わたしが、留守居役なんぞ、無理に決まっておりますよ」

平九郎は困惑し、矢代清蔵《やしろせいぞう》を見返した。清蔵は真顔《まがお》のまま静かに言った。

「わしは、冗談は申さぬ」

その淡々とした物言いと腹の底が読めない無表情さに平九郎は言葉を呑み込み、一瞬の沈黙の後に続けた。

「留守居役など、わたしには荷が勝ち過ぎでございます。御家老、血迷ってはなりませぬ」

「わしは血迷ってはおらぬ」

清蔵は無表情で答えた。

のっぺらぼうの二つ名を思い起こさせる。

矢代は本気のようだ。いや、そもそも、清蔵が言っているように、冗談で語られる人事ではない。となると、困惑から強い疑念《すいきょ》が沸き上がる。

「どうして、わたしなんぞを御留守居に推挙なさるのですか」

「推挙ではない。既に、殿よりお許しを頂いた。従って、本日より……」

やおら、清蔵は立ち上がると懐中から書付《かきつけ》を取り出した。上意《じょうい》すなわち、藩主大内山城守盛義の命令である。芝居がかったような態度を矢代が取ったため、平九郎は啞然《あぜん》となってしまった。矢代は空咳《からせき》を一つしてから、

「控えよ」

厳《おごそ》かな口調で告げた。

慌てて平伏をする。

頭上で矢代の声が聞こえた。

「椿平九郎、本日より江戸御留守居役を命ずる。文政三年、正月十五日、山城守盛義」

矢代は書付を裏返し、平九郎に見せた。

藩主の命令とあれば、断れない。受け入れるしかないのだ。恭《うやうや》しい態度で平九郎は書付を受け取った。

矢代は続けた。

「ついては、三百石に加増されるぞ」

百石の加増である。

「まことでございますか」

思わず喜びの声を上げた。

「わしは嘘は吐《つ》かぬ」

のっぺらぼう顔で矢代は言った。

喜んだのも束の間、留守居役の大任の不安が募る。おもむろに矢代は語り始めた。

「殿にあられては、先だっての野駆けに際してのそなたの働きを、いたく感心なさった。それに、わしも歳じゃによって、後継が欲しいところじゃ。まずは、わしの相方として、留守居役の役目を学ぶのじゃ」

「承知しました」

と、答えるしかない。

「なに、じきに慣れる」

平九郎の不安を読み取ったのか、矢代は言葉を添えた。

「重役方は承知されたのでしょうか」

盛義の二つ名は、「よかろうさま」つまり、重役の上申《じょうしん》に、異を唱えることなく、「よかろう」としか答えず、あとはよきにはからえと口出しはしない。今回の平九郎を留守居役に抜擢《ばってき》する考えは盛義の発想ではあるまい。矢代が平九郎を見込んだのだろう。

重役たちは何を思っているのだろう。あんな若造に何ができるのだという声が上がったとしても不思議はない。不安がこみ上がったが、藩主から任じられたからには、悩んでいても仕方がない。

「これより、殿の謁見《えっけん》がある。こころしてかかれ」

矢代に告げられ平九郎は畏《かしこ》まった。

大広間に入った。

上段の間は空席だ。下段の間の両側に重役たちがいかめしい顔で居並んでいる。

やがて小姓《こしょう》を従え、盛義が入って来た。

重役たちが一斉に首を垂れた。平九郎も両手をつく。

盛義は御座に座した。

矢代から平九郎の留守居役就任の報告がなされた。

「うむ、よかろう」

盛義は得意の言葉を返した。

重役の間からひそひそとしたやり取りが漏れる。漏れ聞こえるのは、平九郎の若さを危惧《きぐ》する声だ。盛義は口を閉ざしている。江戸次席家老の前園新左衛門《まえぞのしんざえもん》が盛義に向かって言上《ごんじょう》した。

酒に酔ったり、怒ったりすると顔が真っ赤になり、渋柿《しぶがき》とあだ名されている。

「若い椿がいきなり留守居役に就任することに、家中《かちゅう》にはそれを危ぶむ声があるようですが」

自分自身の平九郎への不満をあたかも家中の声を代弁しているかのように言い立てた。盛義は矢代に視線を向けた。

矢代は無表情で、

「人事というものは、どんな形であれ、様々な声が聞かれるものです。椿を留守居役とすること、既に上意が示された以上、その上意を覆《くつがえ》すことはできませぬ。前園殿は上意に逆らうまでの大きな声を聞かれたのかな」

前園は目をしばたたき、

「あ、いや、拙者《せっしゃ》、家中にそのような声があるのを老婆心《ろうばしん》ながら披露したまでてござる」

と、反論を引っ込めた。

「この後、大殿への報告に参りたいと存じます」

矢代が言うと、

「よかろう」

盛義はあくびを嚙み殺しながら許可した。

平九郎は肩が凝ってきた。こういう堅苦しい席は苦手《にがて》だ。もっとも、この後、堅苦しい席にばかり出るようになる。江戸城への出仕《しゅっし》があるのだ。

平九郎は矢代に伴われ、向島にある下屋敷にやって来た。大名の隠居、または世子《せいし》は中屋敷に住まいするのだが、盛清《もりきよ》は下屋敷の気軽さを好み、年の大半を下屋敷で過ごしている。

下屋敷ならではの、広々とした敷地は、別荘のような雰囲気が漂っている。国許の里山をそのまま移したような一角があるかと思えば、数寄屋造《すきやづく》りの茶室、枯山水《かれさんすい》の庭、能舞台、相撲《すもう》の土俵、様々な青物が栽培されている畑もあった。畑は近在の農民が野良仕事に雇われ、気が向くと盛清も鍬《くわ》や鋤《すき》を振るうそうだ。また、今はほとんど使われなくなった窯場《かまば》があった。盛清が陶器造りに凝っていた頃には盛んに煙が立ち上っていたのだが、盛清は陶器造りに飽きて、放置されている。

大殿こと先代藩主盛清は裏庭にいるそうだ。主殿の裏手に回る。大きな池があり、周囲を季節の草花が彩《いろど》っている。

その畔《ほとり》で盛清は床几《しょうぎ》に腰を据え、釣り糸を垂らしていた。小袖に袖なし羽織を重ねた軽装である。麗《うら》らかな初春の昼下がり、釣りを楽しんでいる姿は、いかにも悠々《ゆうゆう》自適《じてき》な隠居暮らしを満喫しているようだ。

三年前、家督《かとく》を盛義に譲った盛清は、今年還暦《かんれき》を迎えた。白髪混じりの髪だが肌艶はよく、目鼻立ちが整っており、若かりし頃の男前ぶりを窺わせる。

元は直参旗本村瀬《むらせ》家の三男であった。昌平坂《しょうへいざか》学問所で優秀な成績を残し、秀才ぶりを評価されて、あちらこちらの旗本、大名から養子の口がかかった末に出羽横手《でわよこて》藩大内家への養子入りが決まったそうだ。大内家当主となったのは、二十五歳の時で、以来、三十年以上藩政を担った。

藩主に迎えられると、傾むいた財政の建て直しに取り組んだ。領内で名産品の育成や新田開発などの活性化を推進し、そのための強引な人事を行ったそうだが、隠居してからは好々爺然《こうこうやぜん》となり、藩政には口を挟むことなく、趣味を楽しんでいる。

矢代は盛清がこちらを向くまで黙って控えた。平九郎もそれに倣《なら》う。やがて、釣り糸がぴくぴくと動いた。

「おおっ」

盛清は喜悦の声を上げて立ち上がった。

竿が大きくしなる。大物のようだ。池だから鯉《こい》か鮒《ふな》であろう。

盛清は身体をよろめかせながら、獲物と格闘を始めた。ここでも矢代は無表情だ。

平九郎は盛清を手助けしようと腰を上げたが、矢代に睨《にら》まれた。控えておれと目で言っている。

平九郎は動かずにいた。

やがて、

「おのれ」

盛清が舌打ちした。

糸がぷっつりと切れてしまったのだ。釣り竿を捨て、盛清はこちらに向いて床几に腰かけた。

「矢代」

盛清は右手を差し出した。

矢代は紫の袱紗包《ふくさづつみ》を示し、袱紗を解いた。小判二十五両の紙包み、すなわち切り餅が四つである。盛清の眉間《みけん》に皺《しわ》が刻まれた。

「半分か……」

盛清は二百両を要求したようだ。

「財政多難の折でござります」

淡々と矢代は言った。

「財政多難な。わしが大内家に参った時にも聞いたわ。それゆえ、わしは改革を行い、財政を大いに潤わせたのじゃ」

不満そうに盛清は鼻を鳴らした。

「おおせごもっともですが、潤った財政も大殿の遊興にかなり費やされました」

淡々と矢代は返した。

「わしが稼いだ金をわしが使って何が悪い……とは申さぬ。ま、致し方なしじゃな」

盛清は声を放って笑った。

ここで、

「殿より留守居役を拝命した椿平九郎でござります」

矢代に紹介され、平九郎は挨拶をした。盛清は鷹揚《おうよう》にうなずき、

「よき面構《つらがま》えじゃ。留守居役の面をしておるぞ」

「留守居役の面構えとは、どのような顔でござりましょうか」

生じた疑問を素直に問いかける。

「おまえ、自分の顔を鏡で見たことがないのか」

盛清は首を捻った。

「ござります」

「ならば、その顔だ」

わけのわからない、まるで答えになっていないのだが、盛清に言われると妙に納得してしまう。

「その方、向島で虎を退治したそうではないか」

盛清は野駆けの様子を聞いたようだ。

「退治ではなく、手なずけただけでござります」

「それなら、尚更《なおさら》大したものじゃ。猛獣使いよな。わしの前でもやってもらいたいが、あいにく虎を飼おうとは思わぬ」

盛清は愉快そうに笑うと、ついて参れと立ち上がった。

二

盛清に先導され、平九郎と矢代は主殿裏手の台所へとやって来た。奉公人たちが忙しそうに食膳の準備をしている。へっついに鉄鍋が添えられ、真っ黒いごま油が茹っていた。ごま油の芳醇《ほうじゅん》な香に盛清は頰を緩め、

「うむ、いい具合じゃな」

と、満足そうにうなずく。

次いで、

「よし、やるぞ」

声をかけると奉公人たちが大きな器を運んで来た。小麦粉を溶いたものが入っている。脇には大量の鱚《きす》、海老《えび》、烏賊《いか》、穴子《あなご》などが衣の付いた切り身となって添えられていた。盛清は鱚の尻尾を持って、身を小麦粉に浸し、油の鍋に入れる。じゅわっとした音と共に鱚が揚げられてゆく。

盛清は次々と食材を揚げていった。

盛清自ら料理をしている。目を丸くして眺めている平九郎に、

「大殿は目下《もっか》、天麩羅《てんぷら》に凝《こ》っておられる」

と、矢代がささやいた。

盛清の多趣味ぶりの一環《いっかん》のようだ。

凝り性である盛清は飽きっぽくもある。天麩羅造りもいつまで続くのかはわからないが、ともかく今は夢中になっている。嬉々《きき》として盛清は次々と天麩羅を揚げていった。

そして最後に、

「島津《しまづ》殿から頂戴した」

と、薩摩芋《さつまいも》の天麩羅を挙げた。

「よし、みなで食そうぞ」

奉公人たちにも天麩羅を振舞った。

さすがに、大殿さまと同席は畏れ多いと、彼らは台所の外へ出た。台所内の板敷には、大皿が三つ、いずれも盛清特製の天麩羅が盛り付けてあった。脇には小さな器に天汁《てんつゆ》と粗塩《あらじお》が添えてある。

加えて清酒も用意してあった。

「天麩羅はのう、揚げたてに限るのじゃ」

訳知り顔で盛清は言い、平九郎と矢代もお相伴《しょうばん》に預かった。平九郎と矢代が箸を伸ばすと、これは塩で食せ、これは汁にせよ、などと一々口やかましく命じる。逆らうわけにはいかず、言われるままに食べる。胸焼けするくらいに油っこい味わいであったが、それを顔に出すわけにはいかない。

すると、

「御免《ごめん》」

という威勢のいい声と共に中年の侍が入って来た。横手藩の藩士ではない。空色地に鷹《たか》を描いた派手な紋様《もんよう》の小袖《こそで》を着流しにし、大小を落とし差しにしている。絹の着物であることが身分ある武士と伺わせる。

浅黒く日焼けした苦み走った面構えと、飄々《ひょうひょう》とした所作《しょさ》が世慣れた様子を感じさせもした。

「相変わらず鼻が利くのう。天麩羅の匂いをかぎつけたか」

盛清がからかいの言葉を投げかけた。二人の親密さを物語っている。

「大殿、手ぶらでは参りませぬぞ。これ、土産でござる」

男は竹の皮に包んだ大福《だいふく》を示した。

矢代から幕府先手組《さきてぐみ》佐川権十郎《さがわごんじゅうろう》さまだと紹介された。

江戸の大名屋敷には各々に出入り旗本がいる。大名家からすれば、旗本は幕府の動きを摑む貴重な情報源であった。大内家の場合はこの男、佐川権十郎がその役割を担う。佐川は口達者で手先が器用、また、多趣味とあって盛清とは気が合う。時にこうしてやって来ては茶飲み話をしてゆく。茶飲み話には幕閣《ばっかく》の動きはもちろん江戸の市中での噂話や流行《はや》り物などもあった。

「大殿、腕を上げられましたかな」

佐川はにこやかに言うと、お相伴に預かりますすと、板敷に上がり込んだ。矢代が平九郎を紹介する。

「なるほど、矢代殿が見込んだだけあって、見所《みどころ》のありそうな御仁ですな。矢代殿も楽ができますすぞ」

佐川は調子よくいった。

やはり矢代が自分を見込んだようだ。

「何か面白い話はないか」

盛清が問いかける。

佐川は江戸で評判高い料理屋の名物料理を紹介してから、

「ところで、喜多方《きたかた》藩ですが、国持格《くにもちかく》への高直《たかなお》し、動きが活発になっておりますな」

にある。大内家も盛清は同様の官位にあったのだが、今の藩主盛義は家督相続後三年とあって、従五位《じゅごい》にある。大内家と室田家には長年に亘《わた》る因縁があった。

喜多方藩は横手藩同様に外様《とざま》十万石、藩主室田備前守《むろたびぜんのかみ》正直《まさなお》は従四位下《じゅしいげ》侍従《じじゅう》の官職

戦国の世まで室田家は大内家に属する国人領主《こくじんりょうしゅ》であった。天正《てんしょう》十八年（一五九〇）、豊臣秀吉《とよとみひでよし》の北条征伐《ほうじょうせいばつ》に際して奥羽《おうう》諸国の大名に発っせられた小田原参陣《おだわらさんじん》命令に、室田家はいち早く応じた。一方、大内家は遅参した。

秀吉は室田家の本領安堵し、大内家から独立した大名とした。以来、両家は確執《かくしつ》が続いているのだ。

「留守居役大貫左京《おおぬきさきょう》が奮闘《ふんとう》しておるか」

盛清は鼻で笑った。

「大貫……大貫左京殿とは、当家の留守居役であられた大貫殿ですか」

思わず平九郎は声を上げた。

大貫左京は昨年の四月まで大内家の留守居役であった。それが、公金横領が発覚し、御役御免の上、大内家を去ったのである。

平九郎の問いかけには佐川が答えた。

「そう、その大貫殿だ。白狐《びゃっこ》殿は随分と幕閣と誼《よしみ》を通じておるそうだぞ」

大貫左京は白狐とあだ名されていた。抜けるように色白、狐目の容貌ゆえのことであるが、狐のように狡猾《こうかつ》だと評判を取っていたことにも起因する。

それがよりによって喜多方藩室田家の留守居役となるとは。矢代の様子を伺うと、相変わらずの無表情で腹の内を表には出していないが、内心では面白かろうはずはあるまい。

「白狐の大貫じゃ。何か企みおるかもしれぬな」

盛清は警戒心を強めた。

「矢代殿は大貫殿が室田家の留守居役に成られたのをご存じであったか」

佐川が矢代に視線を向けた。

「年賀状に書いてありました」

事もなげに矢代は答えた。動じない矢代を見て安堵《あんど》したのか、

「騒ぐことでもないか」

盛清は言った。

「確かに、今から勘ぐっても仕方ありませぬな」

佐川もうなずいた。

ここで平九郎が、

「大貫殿、公金横領ということでしたが、一体、何故御家の金に手をつけたのですか」

と、大貫の罪を問い質《ただ》した。

矢代は淡々とした口調で語った。

「留守居役組合の会合に出費が重なったのだと、本人は申し立てておったのだが……」

「機密費を私《わたくし》しておられたのですか」

平九郎は問を重ねる。

「いかにも」

言葉少なに矢代は言い添えた。その言葉の不足分を補うように盛清が、

「この先、留守居役組合の会合の場でキヨマサも白狐めと顔を合わせるゆえ、いま少し、騒動の経緯《いきさつ》を語ってやろう。矢代は相方であったゆえ、話し辛《づら》かろうからな」

と、言った。

盛清が平九郎を、「キヨマサ」と呼んだのは、虎退治の加藤清正《かとうきよまさ》にかけてとわかる。

そういえば、家中でのあだ名のうち、藩主盛義の、「よかろうさま」を除き、ほとんどは盛清がつけたものだ。矢代の「のっぺらぼう」も、大貫の「白狐」も、前園の

「渋柿」もそうだ。

ちなみに佐川は噺家《はなしか》のようにべらべらと口達者ということで、当代切っての人気噺家三笑亭可楽《さんしょうていからく》と陽気な人柄をひっかけて、「三笑亭気楽《きらく》」と呼ばれている。

盛清が語るには、大貫の公金横領が発覚したのは、昨年の春のことだった。前年の掛け金のうち、呉服屋に支払い済みのはずの三百両余りが、未払いとなっていたのを勘定方《かんじようがた》が見つけ出したのだ。

勘定方は未払金を追っていくうちに留守居役の機密費に行き当たった。大内家は機密費に年間二千両を計上している。支出の内訳は明かさなくてもよい。

ところが、その年に限って、二千両の使い具合が例年よりも早かった。

極秘裏に渋柿こと前園が勘定方と探索したところ、大貫が公金を使い込み、それを誤魔化《ごまか》すために、出入り商人から売掛金を水増しして請求させたとわかった。

「白狐め、大方、芸者にでもたらしこまれたのじゃろう。女につぎ込んだに違いない」

盛清は下卑《げび》た笑いをした。

平九郎が意外な思いを顔に出すと、

「キヨマサは女子《おなご》に縁がないであろうな」

盛清はまじまじと平九郎の顔を見つめた。

「はあ……あいにく」

正直に答えると、

「のっぺらぼう、キヨマサに目を配ってやれ。こ奴、女子の色香に惑い、とんだしくじりをするかもしれぬでな」

笑みを浮かべながら盛清は命じた。

すると、佐川も、

「いかにも、大殿の申される通りだな。どうじゃ、わしと遊ばぬか」

と、誘った。

すると、盛清は顔をしかめ、

「気楽、大内家の金で遊ぼうと思っておるのじゃろう。まったく、たかりも大概にせい」

「これは、まいった。大殿は全てお見通しだ。大したもんだよ。大殿の眼力、見上げたものだよ富士の白雪だな」

佐川は扇子《せんす》で自分の額をぴしゃりと叩いた。

まったく、個性の強い者ばかりいる。それにしても、喜多方藩室田家、大貫左京が大内家を出たわけを知った上で留守居役に召し抱えたのであろうか。

平九郎は深い疑問を抱いた。大貫は大内家に対し、逆恨《さかうら》みをしているのではなかろうか。それゆえ、大貫は室田家の留守居役に就任した。

これは前途多難だ。

平九郎は身を引き締めた。

三

下屋敷を出た。

平九郎と矢代、佐川が一緒に歩いたのだが、

「吉原《よしわら》はともかく、浅草辺りで一献《いっこん》、いかがかな」

と、誘いをかけてきた。

矢代が、

「椿、そなた、佐川さまより、色々学ぶがよい」

と、財布を平九郎に渡した。

「キヨマサ殿、虎退治の話なんぞ、お聞かせあれ」

陽気な佐川に誘われ、平九郎も気楽な気持ちで従った。

佐川の案内で風神雷神門《ふうじんらいじん》前にある、小料理屋へと入った。佐川は馴染み客のようで、亭主が、

「空《あ》いておりますよ」

と、親しみの籠った笑みで声をかけてきた。

「主《あるじ》、今日はな、勘定方を同伴致しておるでな、清酒と美味《うま》い物をどんどん……と申してもまずい天麩羅を食して胸焼けがしてかなわんゆえ、さっぱりした物、そう、鯉の洗いでも頼む」

佐川は手で胸をさすった。

正直、平九郎もさきほどから、油で胸焼けがして仕方がない。

「あそこでしょう。駒形堂《こまがたどう》前の屋台でしょう。あそこはいけませんや。油を替えないで揚げていますんでね、やたらとしつこい味なんですよ」

主が言うと、

「あそこよりもひどかったな」

「へえ、もっとまずい天麩羅屋があるんですか。浅草ですか」

「いや、向島だ」

舌打ちをすると佐川は奥座敷に向かった。

奥座敷に入り、くつろいだ様子で佐川は語り始めた。

「相国《しょうこく》殿、思い込みが激しいゆえ、時にはた迷惑なのだが、決してお人は悪くないぞ。むしろ、親切なお方じゃ。時に親切過ぎるのがあだとなって、有難《ありがた》迷惑なのだがな」

「相国殿……」

それが盛清を差すのだとはわかっているが平九郎はいぶかしんだ。

「大殿の名、盛清をひっくり返すと清盛《きよもり》、つまり、平相国入道《へいしょうこくにゅうどう》清盛だよ」

佐川は言った。

「なるほど」

感心したところで、酒が運ばれてきた。平九郎は佐川に酌をしようとしたが、佐川は手酌でいこうと、自分で銚子を手にした。

しばらく酒を飲んでいると、

「お待ち」

と、主人が鯉の洗い、茄子《なす》の漬物を持って来た。

「どれ」

佐川は鯉の白身を酢味噌《すみそ》につけ、口に運んだ。相好《そうごう》を崩し、これはいけると言う。

平九郎も賞味した。さっぱりとした鯉の白身に酢味噌が抜群の相性《あいしょう》で味を引き立てている。

「貴殿、兵法は相当なものらしいな」

佐川は刀を振るう真似をした。

「遅れを取るまいと精進を重ねております」

大真面目に平九郎は答える。

「それはよき心がけってもんだ。天下泰平《てんかたいへい》とあって、腰の大小が飾り物になり果てておる武士が珍しくはないからな。なんて、おれが言えたもんじゃないが……」

打ち解けたのか、佐川は江戸の町人言葉を使った。

「剣の鍛錬《たんれん》は怠りませぬ」

平九郎が言うと佐川はうなずき言った。

「喜多方藩室田家が、大貫殿を留守居役に召し抱えたのは、大内家への対決姿勢を示すものだが、大貫殿を召し抱えるなんてこと事態、何か裏がある気がするな」

佐川の疑念に、

「それは、一体、何でしょう」

「目下《もっか》のところはわからねえ。ただ、大貫殿は大内家の内情を熟知しているだろう。それこそ、良きところも表沙汰にできないこともな」

「当家の暗部を御公儀に訴え出るのでしょうか」

「そんなことするまい。それをすれば、泥仕合《どろじあい》となる。評定所《ひょうじょうしょ》にて吟味《ぎんみ》されるような事態にでもなっては、室田家中もただではすまねえやな。念願の国持格への高直しもずっと先になるだろう。第一、留守居役組合の他家が承知しないよ」

組合はいわば互助会である。組合の結束が乱れるようなことはするまい。

「とすると、もっと陰湿な方法で大貫殿は大内家に揺さぶりをかけてくるのでしょうか」

「そうさな……」

考える風に佐川は猪口《ちょこ》を口に当てがったまま黙り込んだ。それから猪口を置き、

「この先、矢代殿の指南によって、江戸城中での雑説《ぞうせつ》の取り方を学ぶだろう」

雑説とは現代で言う情報である。かしこまる平九郎に佐川は続けた。

「城中では御城坊主《おしろぼうず》に嫌われちゃあいけねえよ」

各藩の留守居役は御城坊主と交流を持つ。御城坊主は老中、若年寄の下にも出入り

している。このため、幕閣の動きを知る上では貴重な情報源なのである。

幕府は御城坊主と各藩の留守居役の接触を度々《たびたび》禁じる法令を出してきたが、それはいつもなし崩しで破られている。

「いいかい、登城日、初日が大事だ」

べらんめえ口調で佐川は言った。

「はい」

緊張の面持ちで平九郎は首を縦に振る。

「他家の留守居役も御城坊主も平《へい》さんを見ているんだ」

いつの間にか、佐川は平九郎を、「平さん」と親し気に呼んだ。悪い気はしない。

「おいらな、平さんの評判を広めておいたからな」

佐川は旗本仲間に平九郎の向島での働きを大袈裟《おおげさ》に語ったようだ。退治した虎は三頭、撃退した野盗は三十人、まさしく「今清正」だと吹聴《ふいちょう》したという。

なんとも気恥ずかしい気持ちになった。

「もちろん、目下、大内家に出入りする御城坊主もいる。西念《さいねん》って、目端《めはし》の利く坊主だ。だが、他にも懇意にしといた方がいいぜ。きっと、虎を手なずけた平さんに興味津々《しんしん》の坊主もいるだろうからな」

「わかりました」

平九郎はぐびりと猪口をあおった。

「ま、固い話はこれぐれえにしといて、相国殿も心配しておられたが、こっちの方はどうなんだい」

佐川は小指を立てた。

「先ほども申しましたが、無縁できております」

「そりゃ、勿体《もったい》ねえよ。平さんの国許の横手は美人の産地じゃねえか」

佐川はにやりと笑った。

「小野小町《おののこまち》の生まれた土地とかいいますが、わたしは特に興味を持って観たことはないですな」

「お袋さん、美人だろう」

「さて、美人も何も、母をそんな目で見たことはござりませぬ」

「身内は」

「妹が一人、わたしより、十も下ですが」

「そうかい。きっと、美人だろうぜ」

佐川は一人で合点《がてん》した。

「国許で縁談はないのかい」

「まあ、ないことはないのですが」

平九郎は曖昧《あいまい》に言葉を濁した。

「こりゃ、まずいことを訊いちまったかな」

佐川は頭を掻いた。

「そんなことはないですが」

平九郎は酒の替わりを頼んだ。

「江戸に来て、それほど月日が経っていないようだから、いつでも付き合うぜ」

「お願いします。江戸は広いですからな」

平九郎は頭を下げた。

「ま、楽しくやろうや」

酒が入ったせいか、佐川はより一層冗舌となった。江戸の盛り場の様子、名物料理を立て板に水の勢いで語り、どこそこの水茶屋の娘が美人だと懐中から番付表を取り出した。この時代、相撲の番付表にならって様々な事物の番付表が作成されている。佐川が見せたのは両国や浅草奥山に店を構える水茶屋の娘番付である。平九郎が口をはさむ余裕もなく佐川はしゃべり続けた。「三笑亭気楽」ここにありだ。

「佐川の旦那、程々になさってくださいよ」

主人が水を差した。

「おいら、いつも程々だぜ」

ぐいっと猪口をあおり、佐川は酒の追加を頼んだ。

四

二十日の夕暮れ、浅草の料理茶屋花膳《はなぜん》で留守居役の会合があった。

一階の大広間には、江戸城大広間詰めの大名家の留守居役たちが集まった。

大貫左京に挨拶をした。

白狐の二つ名の通り、色白の狐目である。

「椿、久しいのう」

大貫は笑みを向けてきた。

「しばらくです」

平九郎は挨拶をした。

「そなたが留守居役になるとはな」

小馬鹿にされたような気分となり、

「わたしには荷が勝ち過ぎだとおっしゃりたいのですか」

「まあ、そう突っ張るな。あまり、肩に力が入っておると、この役目はうまくいかないぞ。臨機応変、これだ」

涼やかな顔で大貫は言った。

「大貫殿、喜多方藩室田家での留守居役就任おめでとうございます。今後、どうぞ、お手柔らかにお願い致します」

一応挨拶をしようと平九郎は一礼した。

大貫は思わせぶりな笑みを浮かべ声を潜《ひそ》めて言った。

「加増されたか」

「ええ、まあ」

「禄高《ろくだか》、どれほどだ」

「三百石に加増を頂きました」

胸を張り、平九郎は答えた。

「三百石か……なるほどのう」

大貫は薄笑いを浮かべた。

平九郎は大貫の態度に不快感を抱いた。すると、

「倍だ」

と、言葉短《みじか》に大貫は言った。

「倍とは……」

「室田家なら六百石をもって、そなたを迎えるぞ」

大貫は平九郎の目をのぞき込んだ。

「大貫殿はどれ程なのですか」

「千石だ。喜多方藩大内家では五百石であったが、倍増だな。矢代殿と同じになった」

誇らしげに大貫は胸を張った。

「わたしは、禄を求めて役目に就こうとは思っておりませぬ」

平九郎は毅然《きぜん》と言った。

「それはずいぶんとご立派なお考えであることだな」

からかうかのように大貫は薄笑いを浮かべた。

「大貫殿とて、御家のために尽くそうと奮闘されておられるのではありませぬか」

「それはそうだ。それと、わたしにはもう一つ、大きなわけがある」

大貫は目を凝らした。

平九郎は黙って大貫の言葉を待った。

「わしは、大内家を見返す。わしを追った、大内家を見返す。そのためにも、室田家の国持格への高直しをしてみせる」

口調は静かだが、大貫の目には決意の炎が燃え上がっていた。

大内家中の頃、大貫は沈着冷静ぶりで知られていた。合議の場が白熱しても、矢代は無表情、大貫は口元に笑みを浮かべ、熱くなっている者たちを見下《みくだ》していると評判されていた。

それが闘志をむき出しにしている。それだけに、大貫の大内家への恨みがわかる。

それでも、追い出された原因は公金横領ではないか。自分の不手際による解雇なのだ。逆恨みもいいところではないか。

「椿、それがしが大内家を追われたのは、御家の金に手をつけたのだと、耳にしておろう」

平九郎の心中を見透かしたかのような大貫の問いかけである。

「違うのですか」

平九郎は問返した。

「違う」

大貫は唇を引き結んだ。

そこへ矢代がやって来た。

「ずいぶんと長い厠《かわや》ではないか」

矢代は平九郎に言った。大貫が矢代に向き、

「これは、御家老」

大貫は一礼した。

「達者なようじゃな。室田家中では、千石を食《は》んでおるそうではないか」

矢代が言うと、

「備前守さまより、ご評価を頂いたと存じます」

大貫は答えてから、ではと歩き去った。

大貫の背中が見えなくなってから、

「大貫殿に御家の公金横領についてお聞きしたのですが」

「それで……」

矢代は無表情だ。

「公金横領の疑いは嘘だと申されました」

平九郎が言うと矢代は答えず歩き去った。

「御家老……」

一体、どういうことなのだ。


座敷に戻った。

「貴殿が虎退治の椿殿か」

「いよ、今清正！」

「豪傑《ごうけつ》」

などと声が上がる。

座敷は乱れ、酔った留守居役たちが次々と酌にやって来た。平九郎は注《つ》がれた酒を飲み干すよう求められる。

これも、留守居役の試練なのかと杯を飲み干す。

やがて、女将《おかみ》が挨拶にやって来た。女将ではなく、ここの主人の娘、お鶴《つる》だそうだ。

酔った者たちがお鶴に絡《から》む。お鶴はそれをそつなくいなしながら、一人一人に挨拶をしていった。

やがて、平九郎の前に座った。

「花膳の娘の鶴です。よろしくお願い致します」

お鶴は三つ指をついた。

間近で見ると名は体を表す、の言葉通り、お鶴は鶴のような長い首と、細面《ほそおもて》の瓜《うり》実顔《ざねがお》、白鶴《はくつる》の優雅さを漂わせていた。

「椿平九郎です」

軽く頭を下げると、
お鶴はくすりと笑って、

「椿さま、お武家さまがわたくしなんかに、そんな丁寧な言葉遣いをなさらないでください」

「ああ……しかし……まあ、そうだな。新参者ゆえ、今後は何かと指導してもらわねばならぬ」

頭を掻き、平九郎は頼んだ。

「ご指導だなんて、とんでもございませんわ」

お鶴はあちらこちらから酒を飲まされていたにもかかわらず、じつにしゃきっとしている。目元近くがほんのりと桜色に染まっている程度で、言葉遣いに微塵《みじん》の乱れも感じられなかった。

「椿さまの虎退治……お強いのですね」

感心したようにお鶴は二度、三度うなずいた。

「いや、偶々《たまたま》ですよ。虎退治の話ばかりが先行してしまって、まったく、江戸というところは、噂が伝わるのが速いですな」

「江戸っ子は噂話がとっても好きなのですよ。わたくしも大好きです」

お鶴はあっけらかんと言った。

料理茶屋の娘、実質上の女将として大名藩邸の留守居役をはじめ、様々な客の相手をするために、料理と酒に加えて、江戸市中で流行っているもの、評判の芝居、出来事を仕入れておかなければならないのだろう。

「大変だな」

お鶴の苦労を思って言ったのだが、お鶴はきょとんとした。

「料理茶屋を切り盛りするのは大変だな、と感じ入ったのだ」

言葉足らずと思い、平九郎は言い添えた。

お鶴は小さく首を左右に振り、

「椿さまはその一本気《いっぽんぎ》さを失わないでください」

「わたしは、不器用な者ゆえ、変わりようがないさ」

「まこと、正直なお方ですね」

お鶴が返したところへ、

「いよ、いよ、凄い」

という景気のいい声が聞こえた。頭を丸め、派手な小紋の着物に色違いの羽織を重ねた男が近づいて来る。着物の裾をまくり上げ帯に挟んだ軽快な足取りだ。真っ赤な股《もも》ひきが目をひいてもいた。

扇子を開いたり閉じたりを繰り返し、平九郎の前に座った男は、幇間《たいこもち》の喜多八《きたはち》だと名乗った。

「虎退治の椿さま、今清正、虎椿《とらつばき》の旦那のご登場でさあね」

調子よく平九郎によいしょをした。

「さすがは、豪傑《ごうけつ》でげすよ」

盛んに喜多八は平九郎を持ち上げた。

なんだか、尻がこそばゆくなった。

「おい、喜多八」

その時、甲走《かんばし》った声が聞こえた。酒に酔った男が数人、喜多八に絡み始めた。酒を飲めと、何杯も注ぐ。喜多八はやんわりと断るが、男たちはしつこい。

お鶴が、

「もう、その辺で勘弁してやってくださいな」

と、間に入った。

「うるさい！」

酔っ払いはお鶴を突き飛ばした。

悲鳴を上げ、お鶴は畳に転がった。

平九郎は立ち上がり、

「女子に乱暴するな！」

と、甲走った声を発した。

「なんだと」

「おまえ、新参者のくせに」

男たちは平九郎に突っかかってきた。

「女子相手にみっともありませんぞ」

平九郎は静かに言った。

「おのれ」

男が殴り掛かってきた。平九郎は身を避け、男の腕をねじり上げた。もう一人も殴ってきた。平九郎は足払いをした。

二人の男は畳をのたくった。

「なんだ」

騒ぎを見て、何人かが集まって来た。

「なんだ、この騒ぎは」

平九郎を非難する声が上がった。

すると、

「椿さまは一向《いっこう》に悪くはありませんよ」

と、お鶴が強い口調で言い立てる。

その毅然とした態度に男たちはたじろいだ。

矢代がやって来て、

「みな、今宵は十五夜の月じゃ。過ごしたようじゃし、月見がてら、初春の夜風にでもあたろうではないか」

と、みなを見回した。

「おっと、ほんと素晴らしいお月さんでげすよ。いよっ　凄い！」

扇子で夜空を仰ぎ、喜多八は月にもよいしょした。

気まずい空気が晴れ、みな座敷から庭へ向かった。松の頭上、夜空を彩る十五夜の月は地上の酔っ払いたちの目には眩《まぶ》しかった。

肌寒い夜風が酒で火照《ほて》った頬には心地よい。

平九郎は満月を見つめ続けた。月の輝きは江戸も横手も変わらない。そう思うと、郷愁の念に駆られた。

感慨に耽《ふけ》っていると、

「お戯れは、そのくらいにしてください」

お鶴の声が聞こえた。

一旦は落ち着いた酔っ払いたちが、またしてもお鶴に絡み始めた。一人が背後からお鶴に抱きつき、別の二人が左右の手を握り締めている。つくづく性質《たち》の悪い連中だ。

平九郎は手巾《しゅきん》を池の泉水に浸した。

次いで、お鶴に抱きついている男に近づき、肩を叩いた。男が振り返り、酔眼を向けるや、

「悪酔いが過ぎますぞ」

と、濡れた手巾で男の顔を強くこすった。

「ううっ、な、何をする」

男はお鶴から手を離した。

他の二人が、

「おのれ、新参者のくせしおって」

と、酒と怒りで真っ赤になって平九郎に迫ってきた。

「抜け！」

勢いに任せて一人が怒鳴った。

刀にかけると言いたいようだが、みな、大刀は刀部屋に預けてある。

再びの騒ぎに他の留守居役たちが集まって来た。

「お止《や》めください」

お鶴が平九郎と三人の間に入った。

矢代は黙って見ている。

三人は留守居役たちの手前、引っ込みがつかないようだ。

「勝負、致しましょう」

平九郎は三人に告げた。三人はお互いの顔を見合わせた。騒ぎが大きくなり、酔いが醒めたようだ。とはいえ、「抜け」と真剣勝負を挑み、平九郎からも挑まれたとあっては、断っては逃げられない。

三人が躊躇《ためら》いを示したところで、

「相撲をとりましょうぞ」

平九郎は脇差を鞘ごと抜いて、地べたにそっと置いた。そして、着物を諸肌《もろはだ》脱ぎにした。抜けるように白いもち肌ながら、分厚い胸板が武芸の鍛錬ぶりを示していた。

「いざ！」

平九郎は腰を落とし両手を頭上に掲げた。

三人はもじもじとしている。

「三人、一緒で結構」

三人には屈辱的な挑発をした。

こうまで言われては三人も勝負せざるを得なくなり、平九郎に立ち向かった。

「おお！」

平九郎は真ん中の男の胸に突っ張りを食らわせた。男は宙を跳び、池に落ちた。

間髪容《かんはつい》れず平九郎は右の男の頬を張り、左の男を上手投げに仕留める。次いで、地べたを這う二人の襟首を左右の手で摑み、

「酔いを醒ましなされ」

と、池に落とした。

池で情けない顔をする三人を留守居役たちは大声で笑った。聞くともなく聞こえてくる声の中に、日頃の三人の行状への批難があった。三人は酒癖が悪く、かねてより顰蹙《ひんしゅく》を買っていたのだ。よくぞ灸《きゅう》を据えてくれたと、平九郎に感謝の言葉をかけてくる者もいた。

月もにっこり微笑んでいるような気がした。お鶴の沁み通るような笑顔がうれしかった。

五

留守居役としての心得、儀礼などを矢代から叩き込まれ、半月が過ぎた。

月が替わった如月《きさらぎ》一日のことであった。毎年、正月の末、横手藩大内家から搾《しぼ》りたての新酒、「横手誉《ほまれ》」が将軍徳川家斉《とくがわいえなり》に進物品《しんもつひん》として献上される。横手藩の国許、横手川は清浄な水で知られる。川の上流には多数の温泉があり、流れ出る湯は天然の化粧水の役割を果たすと言われている。このため、横手川の産湯《うぶゆ》で女性は肌が白く美人になる、とされ、小野小町誕生地の伝説がある。

美人の産地であるばかりか、横手川の水は芳醇《ほうじゅん》な酒ももたらしてくれる。このため、藩祖盛定《もりさだ》以来、二百二十年の長きに亘って、将軍へ献上されてきた。

もっとも、この時代、新酒は身体に毒とされ、将軍はもっぱら古酒《こしゅ》を飲む。それでも、杯に一杯だけ、味わうのが常で、酒好きの現将軍徳川家斉は、「横手誉」の献上を楽しみとしているそうだ。

如月一日、進物の御礼を将軍の使者から受けるべく平九郎は登城した。

留守居役の最初の役目は、緊張は強《し》いられるものの、毎年の慣例に従って型通りの挨拶をすればよいということで、平九郎に任された。

大広間詰の大名家の留守居役たちは控える蘇鉄《そてつ》の間《ま》に入り、御礼の順番を待つ。数人の留守居役たちが控えており、先月の花膳で挨拶をした者もいる。中には酔って、お鶴や喜多八に絡んだ留守居役もいて、平九郎と顔を会わせるとろくに目も合わさず、避けるように離れた位置に座す。

御城坊主が茶を持って来た。

大内家と懇意にしており、横手藩邸にも出入りしている西念だ。歳は二十四、五歳、丸めた頭は青々とし、四尺八寸の小柄な身体で忙《せわ》しげな動きをするため、小坊主のように見える。それでも、佐川によると、情報を集めることにかけては御城坊主でも抜きん出ているそうだ。

「虎退治の椿さまの評判、御城中に広まっておりますぞ」

西念は小声で言った。

そういえば、先程から御城坊主たちの視線を感じる。油断は禁物だ。隙を見せてはならない。背筋をぴんと伸ばし、居住まいを正す。足を崩したり、あくびを漏らしたり、ましてや鼻をほじったりなどしたら、たちまちにして、悪評が城内を駆け巡るだろう。

腕は立つだろうが品性に欠ける田舎侍だと評判されるに違いない。自分が馬鹿にされるのは藩主盛義の名を汚《けが》すのだ。

「たとえ、控えておるだけでも、正座を続けるのが役目と思え」

と、矢代に言われての登城である。

西念と言葉を交わした後は口を堅く閉じ、正面を見据えたまま身動《みじろ》ぎもしないでいた。内心、早く呼ばれないかとひたすらに願った。

すると、御城坊主の動きがあわただしくなった。何か問題が起きたのかと案じられるが、確かめる術《すべ》はない。城中を勝手に出歩くわけにはいかないのだ。何事かわからないまま待っていると、大貫左京がやって来た。先に進物献上の御礼を受けたそうだ。

大貫は練達の留守居役の余裕なのか、頰を緩め、温和な表情で平九郎の横に座った。

「初登城か」

気さくに大貫は声をかけてきた。

仏頂面《ぶっちょうづら》もよくないと、平九郎は少しだけ頰を緩め一礼をして返した。

「喜多方藩室田家中の御進物は何ですか」

「当家は喜多方漆器《しっき》だ」

大貫はさらりと答えた。

「上さまばかりか、大奥でも大変に喜ばれておるようだ」

誇らしそうに大貫は言った。

つい、一年前は横手藩大内家の留守居役として将軍への進物の御礼を受けていたというのに、大貫の変わり身の早さに内心で呆れる思いだ。

「御老中斉木越前守《さいきえちぜんのかみ》さまは、大変に御多忙であられる。その最中、御礼使者をしてくださった。まこと、ありがたい限りであるな」

大貫は独り言のように言ってから、お先にと座を掃《はら》った。

将軍御礼の使者は老中が務める。御礼使者は大名の格によって決まっていた。御三《ごさん》家《け》や加賀前田《かがまえだ》家、薩摩島津家、仙台伊達《せんだいだて》家のような国持大名は、将軍の御目見えが行われ、大広間詰の国持格大名は老中、従五位以下の外様大名は奏者番《そうじゃばん》が受けると決まっていた。

やがて幕府目付が、平九郎の順番を告げた。一礼して腰を上げようとしたところで、

「本日、御老中斉木越前守さま、御多忙に付き、御奏者番伊吹左兵衛門尉《いぶきさひょうえもんのじょう》さまが御礼をなさる、さよう心得よ」

と、言った。

「斉木さまは御多忙……」

そうだ、大貫も言っていた。多忙の中、会ってくださったと。

ならば仕方がないかと平九郎は腰を上げようとしたが何か引っかかった。

「畏《おそ》れ多いことですが、では、斉木さまの他の御老中さまの応対を願えませんでしょうか」

「斉木さまは月番であられる。それに、他に御老中方も上さまの御前《ごぜん》にて、協議をなさっておられる。まさか、その方、上さまの御用より優先させよと望むか」

居丈高《いたけだか》な口調で目付は言った。

将軍の名を出されては、引っ込むしかない。

「滅相《めっそう》もございませぬ」

平九郎は両手をつき目付に従った。

奏者番伊吹左兵衛門尉の御礼挨拶を受け、平九郎は蘇鉄の間に戻った。御礼の挨拶を受けたこと事態は、つつがなくすんだ。というよりも、大した役目ではない。畏《かしこ》まって、将軍からの進物に対する御礼の口上を伊吹から聞いただけである。

江戸城内の答礼、儀礼はひたすらに格式ばったものであるのを承知の上であれば、決して苦行ではなかった。

留守居役としての初めての役目を済ませることができ、ほっと安堵した。ついつい、頬が緩んでしまったが、大勢の目があるのを忘れてはならない。

平九郎は表情を硬くし、正座をした。西念がお茶を持って来てくれた。

「お疲れさまでした」

西念の労《ねぎら》いの言葉に平九郎は小さくうなずいた。

「本日、御老中斉木越前守さまは御多忙につき、奏者番、伊吹左兵衛門尉さまの御礼口上を受けました」

平九郎が言うと西念は首を捻った。

「いかがされましたか」

平九郎が問い直すと、

「斉木さま、特に多忙という御様子ではなかったのですがな」

「……ですが、目付さまがそうおおせで……斉木さまの御礼口上を受けた喜多方藩室田家の留守居役大貫殿も斉木さまは多忙であられたと」

「そうですか……」

「上さまの御前にて協議があるとも」

「それは一時《いっとき》後ですが、その備えということですかな」

西念は事情を調べると蘇鉄の間を出ていった。

ともかく、役目は果たした。

斉木が会ってくれなかったのが気になるが、まあよしとしよう。というか、今更、やり直しはできないのだ。

なんだか、どっと疲れた。

第二章　自分仕置

一

明くる二日の朝、上屋敷の用部屋《ようべや》に平九郎は出仕した。矢代に進物答礼を報告した。

矢代は黙って聞いた後に呟くように言った。

「奏者番の伊吹左兵衛門尉さまが答礼を受けてくださったのだな」

「はい。月番の御老中斉木越前守さまは多忙を極めておられ、他の御老中方も公方《くぼう》さまの御前にて協議があり、やむなく伊吹さまがお相手くださいました」

答えてから平九郎はいぶかしんだ。矢代の無表情の中に戸惑いを読み取ったからだ。

「いかがされましたか」

「うむ。他の御老中方も多忙であったのじゃな」

矢代に念押しをされ、

「はい……」

間違ったことでも嘘をついているのでもないが、不安がこみ上がる。何か自分は失態を演じたのだろうか。藩主盛義はいつものように、「よかろう」と許したのだが。

「申したはずじゃ。大名家の御礼を応接するのは相応の役職者であると」

「忘れておりません。御三家は将軍家の御目見えを受け、大広間詰めの大名家は、将軍家の使者として御老中の御礼を受ける……」

「であるなら、当家は御老中の御礼を受けねばならぬ」

「ですから、御老中は多忙であられ、やむなく奏者番の伊吹さまが応対してくださったのです」

何度も同じ説明をさせるなと、内心で平九郎は毒づいた。

「それは聞いた。わしが危惧するのはこのことが先例となり、やがて慣例となりはせぬか、ということじゃ」

嚙んで含めたように矢代は言った。

「それはないと存じます。今回はあくまで御老中の多忙のために、やむなく取られた措置でございます。あくまで今回限りの措置で、例外にございます」

胸を張り、平九郎は答えた。

「そうであろうかな」

矢代が疑わし気《げ》に首を捻った。

折しも、直参旗本先手組佐川権十郎の来訪が告げられた。矢代と平九郎への面談を求めている。

「客間へお通しせよ」

矢代が言った。


平九郎は矢代と共に客間で佐川と会った。今日も佐川は派手な柄《がら》の小袖を着流したざっくばらんな様子だ。

「おお、キヨマサ、初の登城、どうだった。今清正と評判され、さぞや好奇の目が集まっただろう。いよ！　この人気者。憎いね今清正さんよ」

平九郎を気遣って訪ねてくれたようだ。

盛清が三笑亭可楽をもじって、「気楽」と名付けたように、飄々とした所作で語りかけてきた。はなし家というより幇間のようだ。

佐川とは対照的に淡々とした矢代は黙って平九郎を促す。平九郎は老中が多忙であったため、奏者番が答礼を受けたことを言った。佐川は思案をするように顎《あご》を掻いた。

「……御老中には会えなかったのか。今月の月番は斉木越前守さまだな……」

「何か不手際がありましたか」

作法に則《のっと》って挨拶はしたと、平九郎は強調した。

「不手際というより、斉木さまが会ってくださらなかったということが気になるな」

佐川にも矢代と同じ点を指摘され、平九郎の不安は広がった。佐川は平九郎から矢代に視線を移した。

「このことが、先例にならねばよいが。いや、先例を作ったことになりますな」

矢代の危惧に、

「そうだな」

楽天的な佐川の言葉少なさが平九郎の危機感を高める。その不安を掃うように、

「あくまで、今回は斉木さまが多忙であられたということで、あくまで、異例という扱いとして残るのではございませぬか」

と、平九郎は持論を繰り返した。

「わしも佐川殿も憂慮《ゆうりょ》しておるのは、これが先例となり、この後、御老中方が当家の答礼を、多忙を理由に受けぬ事態になりはしないかということじゃ」

矢代も先程からの考えを述べ立てる。佐川もうなずいた。

事なきを得て、そつなくこなしたと思った役目だが大きな失態を演じたようだ。

「昨日、進物の御礼を受けたのは、大内家の他にあったのかい」

佐川の問いかけに、

「喜多方藩室田備前守さま御家中です」

平九郎は答えながら大貫左京の狐顔を思い浮かべた。大貫は城中で平九郎と顔を会わせると、ひときわすました狐顔で悠然と去ったのである。

「室田家も奏者番が御礼の使者だったのかい」

佐川に問を重ねられ、

「いえ……」

言葉尻が曖昧《あいまい》になった。

佐川は眉をしかめた。

「大貫殿は申されたのです。矢代も小さくうなずく。本日は御老中は多忙であられる、と」

大貫から前もって聞かされていたため、御城坊主の言葉を受け入れたのである。

「じゃあ、大貫は斉木さまの答礼を受けたんだな。答礼の時に斉木さまが多忙と申された言葉を、平さんに伝えたのかもな」

佐川に指摘され、平九郎は一層のこと不安に駆られた。すると、珍しくも御城坊主、西念の来訪が告げられた。

西念が客間にやって来た。年若く四尺八寸の小柄な身体ながら、何とも頼もしさを感じる。

西念は挨拶をしてから、

「椿さま、昨日は斉木さまではなく、伊吹さまの答礼を受けられたのでしたな」

と、問題にしていたことを言った。

そうだと平九郎は答えた。

「それは……」

西念は首を捻った。

「西念さんよ、大貫は斉木さまの答礼を受けたってのは聞いたが、他の留守居役の中にも斉木さまが御礼使者となった者がいたんじゃあるまいな」

佐川が訊くと、

西念は目を見開き、

「はい、大貫様以外にもお二人の御留守居役が椿さまの後、斉木さまが御礼の使者となって引見《いんけん》されました」

と、きっぱりと答えた。

「そうかい……」

佐川は唇を噛んだ。

不穏《ふおん》な空気を察したようで、西念は取り繕うような笑みを浮かべて言い添えた。

「斉木さまは、上さまへの喜多方藩の御進物、喜多方漆器をいたくお気に召しておられるようです。口数の少ないお方ですが、喜多方漆器の素晴らしさは言葉を極めて賞賛なさっておられるとか」

「喜多方藩は上さまとは別に斉木さまにも喜多方漆器を贈っているんだろうな。漆器に山吹色《やまぶきいろ》のありがたい物を添えてな」

佐川は喜多方藩が斉木に賄賂《わいろ》を贈っていたと推測した。そうであったとしても、幕政を担う老中が賄賂を贈られなかったことを恨み、答礼を受けないものだろうか、と平九郎は不満と疑念を抱きながら言った。

「斉木さまは、まこと多忙であられたのではないでしょうか。大貫殿とお会いになられてから、いっそう多忙を極められたのではございませぬか」

西念が、口に出してから、我ながら見苦しい言い訳だと自分を責めた。

「斉木さまは、確かに多忙であられます。ですが、ここだけの話、面倒を嫌うお方でございます」

と、斉木越前守の人となりを語った。

斉木はとにかく大雑把《おおざっぱ》であるそうだ。万事に面倒を嫌い、老中、若年寄が集まる閣議の際は、求められない限り発言することはない。面倒な書き物仕事は全て家臣や奥《おく》祐筆《ゆうひつ》にやらせ、自分はろくに見もせず、花押《かおう》を書き、判を捺《お》すのだそうだ。

「では、斉木さまは面倒だから、会ってくださらなかったのですか」

胸をかきむしりながら平九郎は問いかけた。

「おそらくは」

西念は小さく唸った。

「では、大貫殿には会ったのは……喜多方漆器と小判を受け取ったからですか」

平九郎が言うと、

「そうに違いないさ。いくらもらったか知らないが、喜多方塗《ぬり》の器は江戸でも評判だが高価で中々手に入らない。御公儀が長崎《ながさき》の会所《かいしょ》を通じて、清国《しんこく》や阿蘭陀《オランダ》との交易に使っている程だ」

佐川は賄賂に左右されたに違いないと断じたのだが、

「大貫さま、粘ったのだそうです」

西念は異論を唱えた。

「粘ったっていうと」

佐川が問いかける。

「多忙であられるなら、お会い頂けるまでいつまでも待つ、と、てこでも動かなかったそうですよ」

西念が答えると、

「では、あの時の騒ぎは……」

御城坊主たちの動きがあわただしくなった様子を思い出した。

「大貫さまに根負《こんま》けして斉木さまは会われたのだそうです。御城坊主の間では、御家の体面を守られたと、大貫さまを留守居役の鑑《かがみ》と誉めそやす者もおります」

西念の言葉に平九郎は顔から火が出る思いだ。何という手抜かりだ。斉木の多忙という言い訳を微塵《みじん》も疑わず、御家の体面に気が回らなかった。

親切ごかしに、大貫は御城坊主の機嫌を損ねてはならない、御老中の機嫌を損ねぬよう、生意気と思われてはならぬぞ、お主《ぬし》は虎退治の一件でとかく注目を集めておる。よって、控えめにな、などといかにも助言をしてくれたのだ。

「なるほどな、大貫、意地を通したってわけか。喜多方藩に拾われ、ここは意地の見せ所だと踏ん張ったのだな」

　という佐川の考えに、

「いいや、そうではあるまいな」

　それまで黙っていた矢代が異《い》を唱えた。

　みな、矢代を見る。

「全ては大貫の仕組んだことであろうよ。あらかじめ、大貫は斉木さまに賄賂を贈り、自分がごねて、意地を張る芝居に付き合うよう求めたのだ」

　矢代の考えに、

「おっと、そうだよ。いかにも、大貫ならやりそうだぜ。さすがは矢代殿だ。こすっからい白狐殿の小芝居を見抜いていらっしゃる」

　一転して佐川が賛同すると、

「それだけではない。おそらくは、椿に会わないようにも頼んだのであろうよ」

　矢代が言葉を添える。

「平さん、大貫の野郎にしてやられたってわけだ」

　佐川はあっけらかんと言った。

平九郎は唇を嚙んだ。

次いで、

「汚い」

吐き捨てるように呟いた。

佐川が手で平九郎の肩をぽんぽんと叩き、

「これが留守居役の仕事だって、こころするんだな」

と、慰めの言葉をかけた。

自分の至らなさに腹立ちと情けなさで一杯になった。

「御家老、まこと、申し訳ございませぬ」

平九郎は矢代に両手をついた。

「いや、そなたが悪いとは責められぬ。わしも迂闊《うかつ》であったのじゃ。老中答礼は、留守居役の初めの役目としては適当だと安易に考えた。まさか、大貫がそんな仕掛けをしておるとはな」

矢代らしい淡々とした物言いの中にも、悔しさと自責の念が滲んでいる。

「まあ、済んだことだ。挽回すりゃあいいさ。なに、初めに痛い目に遭ったてえのは、今後の役目遂行にはいいことかもしれねえぜ。今後の肥やしにすりゃあいいさ」

陽気な口調で再び佐川は励ましてくれた。

「斉木さまに会ってまいります」

必死の面持ちで平九郎は言った。

「闇雲《やみくも》に押しかけたって、却《かえ》って心証《しんしょう》を悪くするってもんだ」

佐川に制せられ、平九郎は小さくため息を吐《つ》いた。

西念が、

「わたしも大貫さまと斉木さまのこと、聞き回ってみます」

「よろしくお願い致します」

平九郎は頭を下げた。

「それにしても、大貫って男は陰険《いんけん》だね。女狐《めぎつね》なら色気もあるが、男の狐となると、狡猾さが際立っていけねえや」

佐川は肩をそびやかした。

二

九日後、如月の十一日、追い討ちをかけるように、国許から大事件の一報がもたらされた。

横手藩領において喜多方藩領で悪事を働いた罪人を喜多方藩の捕方《とりかた》が捕縛《ほばく》し、引き立てた。罪人捕縛に当たって、喜多方藩は横手藩に断りを入れなかったそうだ。そして、その罪人を処罰したというのだ。

この報告を受け、上屋敷の大広間、藩主盛義の御前で会議が開かれた。喜多方藩との折衝《せっしょう》になると予想されることから、平九郎も裃《かみしも》に威儀《いぎ》を正し、末席に連なった。

重苦しい空気が流れる中、次席家老前園新左衛門が口火を切った。

「これは、由々《ゆゆ》しきことですぞ。当家に断りもなく、勝手に捕方が踏み込み、罪人を引き立てるとは……前代未聞の非礼、断固とした処置を講じねばなりますまい！」

前園は口角泡《こうかくあわ》を飛ばさんばかりに言い立てる。対して矢代は落ち着いた物言いで質問を発した。

「喜多方藩の罪人とは、どんな罪を犯したのですかな」

「喜多方藩領内で贋《にせ》の藩札《はんさつ》を造作《ぞうさく》しておったとか」

前園が答えた。

藩札は藩内でのみ通用する紙幣である。この時代、多くの大名家で発行されている。幕府のみが発行できる金貨、銀貨といった貨幣は江戸や京都、大坂以外では流通量が不足し、貨幣不足を大名たちは藩札で補っていた。貨幣の偽造同様に贋の藩札を作成すると極刑《きょっけい》に処せられる。

今回の一件は、藩札を偽造した男たち五人が喜多方藩領を逃亡し、横手藩領内の山《やま》田《だ》村に逃げ込んだ。それを追って喜多方藩の捕方が山田村に踏み込み、村外《はず》れの無人寺に潜んでいた罪人を捕縛していった。その捕物騒ぎに巻き込まれ、三人の村民が怪我を負ったそうだ。幸い、死者は出ていない。

他藩の領内に捕物といえど、許可なく踏む込むことは許されない。

「これは、当家を踏みにじる行いに他なりませぬぞ」

強い口調で前園は言い立てた。

盛義は御家に降りかかった重大事をわかっているのか、口を半開きにしたまま言葉を閉ざしている。重役たちも意見を発することに躊躇《ためら》いがあるようで、口の中をもごもごとさせるばかりだ。

前園は平九郎を見ながら続けた。

「先だっての御老中答礼の一件もある。このまま、指を咥《くわ》えておったのでは、当家は天下の笑い者じゃぞ。まこと、室田家にいいように舐《な》められてしまったではないか」

平九郎の失態をなじるように声高《こわだか》に言い立てた。

平九郎はうなだれた。

「矢代殿、ただちに御公儀と喜多方藩に異議申し立てをすべきと存ずる」

矢代ではなく、盛義を見ながら前園は意見を述べ立てた。

「喜多方藩邸に問い合わせております」

急《せ》いてはならないと言いたげに、矢代は答えた。

「喜多方藩邸からは何か申してきましたか」

ここで前園は矢代を向いて問いかけた。

「今のところ、まだですな」

「室田家は、当家を無視しておるのではござらぬか」

「それはないと存ずる。喜多方藩邸とて、ことの重要さはよくわかっておりましょう」

「そうでしょうかな。御老中答礼と同じく、甘い見通しでなければよいのですがな」

前園は薄笑いを浮かべた。

矢代は黙り込んだ。

「室田備前守さまより、わが殿への謝罪を求めるのは当然である、どうであろうな、ご一同」

前園は広間を見回す。

「いかにも」

「それがあって然《しか》るべし」

賛同の声が上がった。

この声を味方につけ前園は続けた。

「矢代殿、家中《かちゅう》の声をお聞きになられたであろう。備前守さまからの謝罪を求めくだされ。椿、そなたも名誉挽回の機会と思えよ」

と、大きな声で平九郎に告げた。その叱責するような物言いは、まるで今回の一件も平九郎の失態であるかのようだ。

「承知しました」

声を振り絞って平九郎は答えた。

すると、取次の者がやって来た。腰を屈めながら広間を進み、矢代に耳打ちをする。

矢代はうなずくと盛義に向かって、

「喜多方藩邸より使いの者が参りました。拙者と椿で応対したいと存じます」

と、断りを入れた。

「よかろう」

盛義は許可した。

矢代に促され、平九郎も広間から外に出た。

客間へ向かう間、

「喜多方藩邸からの使者とは、大貫左京殿ですか」

気になって問いかけると、

「そうじゃ」

素《そ》っ気《け》なく矢代は答え、歩を進めた。

客間に入る。

大貫が待っていた。

矢代は無言で向かい合った。平九郎は斜め後ろで控えた。

「矢代殿、横手藩邸まで来てくれと書き送ってこられましたので、こうして馳《は》せ参じましたぞ」

大急ぎでやって来たとばかりに、大貫は懐紙《かいし》で額の汗を拭った。

「用向きは記しておいたが」

矢代は言った。

「国許での一件でござりますな」

大貫は目を凝らした。

「いかにも」

大貫は軽く顎を引いてから語り出した。

「確かに、大内家中に断りを入れなかったのは申し訳なく存ずる。そのことは、拙者がこの通りお詫び申し上げます。併《あわ》せて、江戸家老より、事情を記した断り状をお渡し申し上げる」

持参の書状を差し出し、大貫は慇懃《いんぎん》に頭を下げた。

素直に詫びるとは意外であるが、平九郎は油断がならないと警戒をした。

果たして、

「ですが、断りを入れなかったのは、事は急を要したのでござる」

と、舌の根も乾かぬうちに言い訳を始めた。

大貫が言うには、藩札を偽造していた悪党たち五人を、一時の迷いもなく、捕縛しないことには、逃げられてしまうところだったとか。

「その奴らは横手藩の藩札も偽造しておりました。横手藩の許可を求めておれば、その奴らは逃げてしまっただけではなく、横手藩内にも贋の藩札が流通し、横手藩内も大きな混乱が生じたことでありましょう」

正当性を述べ立てる大貫に、

「それでも、横手城なり、山田村の代官所なりに断りを入れて然るべきでござる。喜多方藩室田家中の捕方が五人を捕縛するに当たり、当家の領民にも危害が出たではござらぬか。横手城、代官所に断りを入れれば、当家とても応援の捕方を繰り出すことができた。さすれば、怪我人を出すこともなかったのじゃ」

矢代は反論した。

「怪我人につきましては……」

大貫は慰謝料だと、百両を差し出した。

その上で、

「矢代殿のお言葉でござるが、横手城なり山田村の代官所なりに断りを入れたからと申して、すぐに認可は下りますまい。藩主盛義公は江戸に参勤中、とあれば、江戸表に使いを立て、指示を仰ぐことになる。その間、早馬を飛ばしたとしても、十日は要しますぞ」

大貫は嘲笑《あざわら》った。

「それでも、無断で当家の領内に踏み入るのは定法《じょうほう》に反すること」

矢代は受け入れない。

「ですから、こうして詫びに参った」

大貫は言った。

「詫びは留守居役たる貴殿ではなく、藩主備前守正直公よりあってしかるべきこと、せめて正直公の詫び状くらいは持参すべきではないか」

「当家の主が詫びるほどのことではないと存ずる。緊急事態であることを踏まえれば、今回の捕物はやむを得ぬこと。事後報告となってしかるべき。事後報告であるなら、留守居役たる拙者が参上し、江戸家老の断り状をお渡しすることで一件を収拾したい」

強い意思を示すように、大貫の狐目が吊り上がった。

「事後報告では当家としては得心がいかぬ。事後報告ならば、せめて横手藩内で捕物を行った直後、まずは山田村代官所と横手城に室田家中の国家老より一報があってしかるべきでござる。当家が事の次第を知ったのは、国許よりの報せでござる。貴殿が来られるまで、室田家中からは、何ら報告はなかったですぞ」

矢代も引かない。

大貫が更に異論を加えた。

「それは、当家としましても、一件の事実確認を慎重に行ったためでござる。不正確な事実を以って、大内家にお報せするわけにはまいりませぬ」

「まずは、一報あってしかるべし。詳細及び正確な事実は後日でよい」

矢代も反論する。

議論は並行線を辿りそうだ。

そこへ、前園が入って来た。

前園は大貫を見下ろし、

「やはり、そなたか。当家を逆恨みをして、嫌がらせをしておるのであろう」

と、大貫に怒りを爆発させた。

「これは、前園殿、相変わらず、血気《けっき》盛んであられますな」

大貫は前園の気持ちを逆撫でするかのような物言いで返した。前園は顔を朱に染めてどっかと腰を下ろした。次いで、

「当家の領内を、室田家中の不浄役人《ふじょう》どもが土足で踏みにじったこと、断じて許さぬぞ」

凄い勢いで言う。

「ですから、それがし、詫びに参ったのです」

大貫はいなすように笑みを浮かべた。

「そなたが詫びたとてすむ問題ではないわ！」

前園は怒鳴り立てた。

「ならば、どのようにせよと申されるのですかな」

大貫の両目が再び吊り上がった。

「藩主室田備前守正直さまよりの謝罪が欲しい」

断固として前園は主張した。

「なんと、そう申されるか」

大貫は矢代を見た。

「いや、それはともかくじゃ、まずは、両家にとってどのような落着《らくちゃく》を図ればよいのか、それを話し合うのが先決だと、わしは思う」

意外にも矢代は自分が言った室田正直の謝罪を引っ込めた。大内家の家老二人が強硬意見を唱えると、室田家との争いに発展すると危惧《きぐ》してのことだろう。妥協点を探り出そうという考えになったのかもしれない。

「それが賢明なことと存ずる。事を荒立ててはお互いよくはござらぬぞ」

大貫も賛同した。

「何を」

前園は両目を怒らせる。

「まあ、まあ、前園殿、激情に逸《はや》ってはなりませぬ」

大貫は諭《さと》すような物言いをした。しかし、それが前園の怒りを増幅させた。

「大貫、貴様、言わせておけばいい気になりおって。殿の御恩を忘れたか。御家の金に手をつけ、本来なら切腹すべきところを殿の格別の恩情により、御家を去るということで落着させたのじゃぞ」

頭から湯気を立てんばかりの勢いで前園は大貫を責め立てた。

「それを申されるのなら、手前にも言い分がござる。それがし、公金に手をつけてなどおりませぬ。御家が商人どもへの支払いを引き延ばすため、横領が発生したと誤魔化したのではござらぬか」

大貫は心外だとばかりに返す。

初めて聞くことだ。大貫が嘘を吐いているのだろうか。平九郎は困惑した。

「盗《ぬす》っ人《と》猛々《たけだけ》しいとはその方《ほう》じゃ。よくも、そのような世迷言《よまいごと》を」

前園は怒りを溢れさせ、拳《こぶし》を握った。

「それに、それがし、横手藩のお世話になっておった時は、禄にふさわしい働きをしておったと自負しておりますぞ」

堂々と大貫は胸を張った。微塵《みじん》も揺るぎのない、敵ながらその態度に平九郎は感じ入ってしまった。前園は苦虫《にがむし》を噛んだような顔で大貫を睨みつける。

「ともかくじゃ、こたびのこと、備前守さまの謝罪を求める」

前園は引かない。

大貫は余裕たっぷりの顔で矢代に言った。

「それでよろしいのか。それなら、こちらとしましても、それなりの対応を取ることになりますぞ」

「まあ、事を荒立てることはあるまい。まずは、我ら留守居役で話し合おうではないか」

矢代は持論を繰り返したが、

「矢代殿、少し前、殿御前の合議の場で決したのでござる」

と、前園が割って入った。

矢代は黙って見返す。

「殿の裁可《さいか》を得たのだ」

盛義は喜多方藩室田備前守に無断で領内を荒らした一件につき、強い抗議を行った上で、室田備前守正直の謝罪を要求することを御家の決定として裁可したのだそうだ。

「よかろう、と、申されたのでありましょうな」

薄笑いを浮かべ大貫は言った。

「おのれ、殿を愚弄《ぐろう》するか」

益々、前園は怒りを露《あら》わにした。

「矢代殿、大内家の決定とあれば致し方ござらぬな。そのこと、喜多方藩邸に戻り、わが殿備前守さまに伝えます」

大貫は冷ややかに告げた。

「そうせい！」

前園は怒鳴るや、部屋を出ていった。

「相変わらず、湯沸かしですな」

大貫は前園の激情ぶりを揶揄《やゆ》した。その上で矢代に向き、

「して、いかがされますか。このままでは両家の間は不穏《ふおん》な関係となり、やがては、御公儀の知るところとなりますぞ」

「そうじゃな……」

矢代は動じていないが、平九郎はいかにすればいいのか、検討もつかない。藩内の

過激派が藩論を支配してしまっては、打開策はないではないか。はらはらしながら考えているのだ。

大貫は平九郎を見た。

「先《せん》だっては失礼した」

そうだ、この際だから確かめておこう。

「先日、御老中の答礼の件につきましてお尋ねしたいのです」

「なんじゃ、ああ、そういえば、聞いたぞ。そなた、御老中斉木越前守さまではなく、奏者番伊吹左兵衛門尉さまの答礼を受けたそうではないか」

わざとらしく大貫は語りかけてきた。

「大貫殿は斉木さまの答礼を受けたのですな」

「当然であろう。喜多方藩は大広間詰めなのだ。御老中の答礼を受けるのが慣例であるからな」

「斉木さま、御多忙の折、よくぞ、会ってくださいましたな」

「御老中は多忙なのだ。多忙を理由に会わないなど、方便《ほうべん》に過ぎぬ。そんな言葉を真《ま》に受けて、本来のお役目を怠《おこた》ってどうする。よいか、御家の体面というものはな、何にも増して大事であるぞ」

大貫に言われなくてもわかっているが、それでも、ここは我慢と黙った。

すると矢代が、

「当家としては、室田家に抗議を申し入れる。よって、本日、改めて書面をもって、伺うことにしよう」

「なるほど、時を稼ぐわけですな」

大貫は微笑んだ。

「とかく、今は、みな、頭に血が上っておるでな。そんなことでは、よい結果をもたらさぬ」

矢代は手で自分の肩を叩いた。

「さすがは、矢代殿ですな。拙者もその通りだと存ずる」

大貫も理解を示した。

「ところで、藩札を偽造しておった者たち、既に処罰をしたのか」

矢代は訊いた。

「贋金、贋藩札造りは極刑であるのは御公儀も同様でござる。従って打ち首の上、獄門に処してござる」

「ということは、その者たちの証言は得られないのじゃな」

「証言など必要ござらぬ」

さらりと大貫は言ってのけた。

「さてさて、事が複雑に絡み合わねばよいが。ならば、当家の贋藩札を国許から送ってくれぬか」

矢代の要請を、

「承知した」

大貫は受け入れた。

「さて、いかにするか」

矢代は思案をした。

「ともかく、書状をお待ち致す」

大貫は立ち上がった。


大貫が去ってから、平九郎は矢代に言った。

「前園殿の激情ぶり、これで、喜多方藩とは対決姿勢を強めることになったのではござりませんか」

「確かにそうだが、今更言っても仕方がない。とにかく、大きな争いにまで発展しないよう気をつけねばな」

矢代は言葉とは裏腹に淡々とした口調である。

「喜多方藩邸で妥協点を見出さねばな」

矢代は続けた。

「喜多方藩邸での交渉、わたしにやらせてください」

平九郎は申し出た。

「いや、それは」

矢代は躊躇《ためら》いを示した。

「お願いします。今度こそ、大貫殿に欺《あざむ》かれるようなことはしません」

「意地か」

「意地です。ですが、時に意地こそが大事なんじゃないでしょうか。武士の意地を貫くことが大事なのではありませぬか」

強い口調で平九郎は言う。

「さもあろうがな……」

それでも、矢代は承知をしない。

「お願い致します」

平九郎は両手をついた。

矢代はしばらく考えていたが。

「わかった。やってみよ」

と、承知してくれた。

「ありがとうございます」

平九郎は意気込んだ。

「くれぐれも申しておく、決して気持ちを昂《たかぶ》らせるな」

矢代の助言を受け、

「わかっております」

自分に言い聞かせるように平九郎は答えた。

三

喜多方藩の上屋敷は横手藩と同じく芝《しば》の大名小路にある。あくる日、平九郎は表門にやって来ると深呼吸をした。

鉛色《なまりいろ》の空が広がり、寒《かん》の戻りの昼下がりだ。

敵地に乗り込むのである。相手は大貫左京、煮え湯を飲まされた相手である。今度は負けんぞという強い気概を持って、大貫との面談に及んだ。

客間に迎えられた平九郎は自分を落ち着けと諌《いさ》める。

大貫は余裕たっぷりの笑みを浮かべている。それが腹立たしい。平九郎は書状を手渡した。大貫は両手で丁寧に受け取った。

「さて、大貫殿、双方の面目《めんぼく》が立つよう詰めましょうぞ」

平九郎は言った。

「むろん、拙者とて両家の争いにまで発展させるつもりはない。申してみれば、このたびの一件は突発的な出来事である。もう、終わった一件なのだ」

「それは喜多方藩に取りましては、終わった一件でござりましょう。ですが横手藩にとりましては、これからが始まりです」

平九郎は言い立てた。

「申すではないか」

大貫はほくそ笑んだ。

「まことのことを申したまでです」

「ならば、わしも現実を申す。矢代殿は横手藩領に踏み込む際、横手城、山田村代官所に断りを入れるべきだったと申された。じゃがな、そなたも存じておろう。山田村代官所に駐在する横手藩の藩士は一人、しかも年寄りだ。ほとんどの役目は村の者が行っておる。その年寄りに悪党どもの捕縛を手伝わせることは、かえって酷というものではないかな」

確かにその通りである。

「しかし、断りくらいは入れるべきと、存じます」

強く平九郎は言い立てた。

「それをしたら、山田村の代官所は面目を失ったであろうな」

「山田村のためだとでもおっしゃるのですか」

平九郎は疑念と不満をぶつけた。

「その通りだ。だから、このまま、事を荒立てることはない」

「しかし、当家としましても泣き寝入りをするわけにはまいりませぬ」

強い口調で平九郎は返す。

「泣き寝入りとは申さぬ。それで、備前守さまの詫びとはどういうことだ。まさか、横手藩邸に出向けと申すか」

「それが叶《かな》えば、何よりと存じます」

「そんなことはできぬな」

「文書にてはいかがでしょうか」

「詫び状を差し出せというのだな」

大貫は念を押した。

「いかにも」

「それも難しいのう」

大貫は腕を組んだ。

「ならば、いかになさるのですか。たとえば、江戸城中におきまして、備前守さまからわが殿に詫びを口頭で入れて頂くというのはいかがでしょう」

「非公式ということか」

「非公式というか、口頭で詫びを入れたという事実が望ましいのです」

平九郎は言葉に力を込めた。

「そうじゃな」

大貫も思案を始めた。

「それが最低限のことです。でないと、当家は納得しません」

力が入り、拳を握り締めて平九郎は半身を乗り出した。と、決して気持ちを昂らせてはならないという矢代の言葉が思い出され、握った拳を解《と》いた。じっとりと汗が滲んでいる。

「周旋《しゅうせん》してくだされ」

声を低め平九郎は申し入れた。

「そうじゃのう」

大貫は思案を続ける。

その勿体ぶった態度には、大貫の余裕を感じさせられる。

すると、

「御免」

という野太い声と共に一人の男が入って来た。それほど背は高くないが、がっしりと岩のような身体つきである。頬骨が張った精悍《せいかん》な面差し、目には力がある。一廉《ひとかど》の武芸者の雰囲気を漂わせていた。

男は大貫の横に座った。

「藩主備前守正直さまの御側用人、飯塚兵部《いいづかひょうぶ》殿だ」

大貫が紹介すると飯塚は一礼した。平九郎も名乗り、挨拶を返す。

と、平九郎は飯塚と何処《どこ》かで会ったような気がしたが、何処であったのか思い出せない。ともかく、今は室田正直からの謝罪を認めさせなければならない。

「貴殿の評判は耳にしておりますぞ。向島で虎退治をなさったとか。剣は何処で修行なさったのかな」

飯塚はしげしげと平九郎を見た。

平九郎が答える前に大貫が口を挟んだ。

「飯塚殿はな、家中切っての使い手なのだ。三年に一度国許で開催される殿の御前試合において、第一等の成績を修められた。昨年、江戸詰となり、藩邸内に設けられた道場で師範をしておられる」

「ほう、それは……」

平九郎の脳裏に三年前の出来事が蘇《よみがえ》った。

回国《かいこく》修行で喜多方藩を訪れた時だ。山中で嵐に遭遇した。すると、熊が出現し、村人二人を殴り殺した。平九郎も身の危険を感じ、刀を抜いた。

獰猛《どうもう》な熊を相手に剣術が通用するかなどとひるんでいる場合ではなかった。神経を集中し、熊の動きを見定める。雨で白く煙った山中にあって、熊も黒い影となって浮かんでいた。

すると、数人の男たちが踏み入って来た。羽織、袴に蓑《みの》を重ね、菅笠《すげがさ》を被り、大小

って いった。喜多方藩室田家中の郡方《こおりかた》の役人であった。その中の一人が熊に向かっていった。刀は鞘に納めたままだ。

熊は咆哮《ほうこう》して立ち上がった。

　男は熊を見上げた。平九郎は固唾を呑んだ。刀による斬撃《ざんげき》など役に立たない。前脚の一撃で命を奪われるだろう。

　平九郎の心配とは裏腹、他の者たちは落ち着いている。そして、誰よりも冷静なのは熊と対峙《たいじ》している男だ。

　果たして、熊の前脚が男に振り下ろされた。

が、次の瞬間、男は熊との間合いを詰め、右手を動かした。

　熊は仰向けに倒れた。

　男は刀を抜いたわけではない。雨脚が強くなり、どのように熊を倒したのかはわからなかった。ともかく、荒々しい熊を男は一瞬の動きで倒してしまったのだ。笠で顔もよく見えなかったが、飯塚兵部があの時の男、熊退治の侍だったに違いない。なるほど、喜多方藩随一の剣客《けんかく》のはずだ。

　素性を確かめる前に男たちは村人の亡骸を収容していった。

「椿殿、剣は何処で」

飯塚に再び問われ、平九郎は我に返った。

「あ、いや、これは申し遅れました。わたしは、横手城下の道場で学び、回国修行の旅に出ました。横手神道流《しんとうりゅう》の研鑽《けんさん》を積んでまいったのです」

「横手神道流でござるか。横手神道流には朧月《おぼろづき》なる技があるそうですな」

「よく、御存じですな」

「優れた技であり、身に着けるに困難だとも耳にしております。いかなる技なのか、機会あれば拝見致したいものです。拙者も剣は国許で学びました。喜多方藩に伝わる、錣無念流《しころむねんりゅう》でござる」

心持ち、誇らしそうに飯塚は胸を張った。

「つかぬことをお尋ねしますが、わたしは三年前、回国修行の旅の途次、喜多方藩領内の山中で獰猛な熊に遭遇しました。嵐の日のことです。あの時、勇猛果敢《ゆうもうかかん》にも熊をあっと言う間に退治した御仁《ごじん》がおられました。その御仁とは……」

平九郎が見返すと飯塚は小さくうなずいた。

やはり、飯塚兵部だった。だとすると、熊を倒した技が気にかかる。

「あの時、飯塚殿は刀を抜かず熊を倒された。一体、どんな技を駆使《くし》されたのですか」

「あれは、鋏無念流の秘剣、熊の爪です。但し、秘剣ゆえ、実際にどのような技であるのかは、語れませぬ。熊の爪がどんな技なのか、知る時は……知ったと同時に死んでおりますな」

飯塚の目が不気味な光を帯びた。

ここで大貫が、

「よろしいかな」

と、声をかけた。

「これは失礼致した。剣談義になると、場所柄もわきまえず、つい、夢中になってしまう。そうでしたな。先だっての一件、横手藩領への無断立ち入りについて話し合わなければならぬのですな」

飯塚は平九郎を見返した。

平九郎も表情を引き締めて言った。

「当家と致しましては事を荒立てたくはないと存じます。できれば、藩主備前守さまの当家上屋敷御来訪の上、わが主への謝罪をして頂きたい……ですが、それを良しとしないのであれば、次回登城の折、口頭で備前守さまがわが主へ謝罪して頂ければ、と存じます。飯塚殿は役目柄、備前守さまの御側近くお仕えなさっておらます。是非とも、備前守さまにお願いをして頂けませぬか」

努《つと》めて丁寧に平九郎は申し出た。

飯塚の目が尖《とが》った。目元が引き締まり、こめかみに青い筋が浮かぶ。

「できぬ！　できぬ相談じゃ」

吐き捨てるように飯塚は拒絶をした。飯塚の思いがけない強い態度に戸惑いながらも、感情を昂らせないよう平九郎は一呼吸置いた。大貫に視線を向ける。

大貫はおもむろに口を開いた。

「飯塚殿、むげに断るものではない。椿殿も妥協案を出されたのだ。それに、今回の一件、当家にも落ち度があった。一方的に当家の言い分ばかりを主張するのは、いかがなものかな」

飯塚は大貫に向き、

「殿の謝罪など断固として受け入れるわけにはまいらぬ。横手藩領に無断で立ち入ったのはやむを得ない仕儀《しぎ》であった。その旨は国家老より、横手藩邸に書状にて伝えたはず。それで、事は足りるはず」

飯塚の態度と物言いは傲慢《ごうまん》である。平九郎は落ち着けと自分に言い聞かせながらも、

「事足りてはおりませぬぞ」

と、強い意思を込めて反論した。

「拙者はこれにて収めるべきと思う。これ以上の要求をなさっても、拒絶するのみ」

飯塚は歩み寄ろうとしない。

「それでは、争いごとになりますぞ」

平九郎が危惧すると、

「争いごとじゃと。まさか、刀にかけるか。戦《いくさ》とはいかずとも、そうじゃ、剣術の試合で決着をつけようではないか。鐚無念流と横手神道流の対決だ。なに、秘剣熊の爪は封印する。真剣勝負ではなく、命のやり取りまではせぬ。双方、五人ずつ手合わせをし、三本勝負じゃ。当家が勝てば、この一件は水に流す。横手藩が勝てば、わが殿よりの謝罪を受け入れよう」

自信に溢れた様子で飯塚は提案した。

「それは……」

平九郎は言葉を詰まらせた。

横手藩大内家は武芸には不熱心ではないが、特別力を入れていない。腕の立つ者は平九郎と盛義の野駆けに同伴した馬廻り役の秋月慶五郎くらいである。

対して喜多方藩は武芸熱心で知られ、藩邸内に道場を構えている。道場には家中で選《え》りすぐりの剣客でなければ、入門を許されないとは大広間詰めの大名の間では有名だ。

そんな喜多方藩と剣術の試合をすれば、木刀を交えるまでもなく、勝敗は明らかである。おそらくは、それを見越した飯塚の申し出であろう。

「それは、受けられませぬ」

平九郎は断った。

飯塚は薄笑いを浮かべ、

「臆《おく》したか。武士が剣術試合を挑まれ、断りを入れるとは、情けなき御家じゃな」

「飯塚殿、それは筋違いでございますぞ。今回の当家の抗議は、剣術の試合で決着をつけるものではありませぬ。問題をすり替えないで頂きたい」

毅然と平九郎は返した。

「ふん、ならば、いかにするのだ。いくら、貴殿が求めようが、備前守さまが謝罪をすることはない」

「飯塚殿、落ち着いて話し合おうではありませぬか」

平九郎は柔らかな表情を作り、訴えかけた。

「話し合いなど、いくら重ねたところで、埒《らち》が明かぬわ」

飯塚は怒り心頭で立ち上がると、肩を怒らせて部屋を出ていった。

「やれやれ、困った御仁だ」

大貫は軽くため息を吐いた。

「大貫殿から備前守さまを説得して頂けませぬか」

平九郎の頼みを、

「それは難しいのう。それがしは新参者である。加えて備前守さまは飯塚を信頼しておる。先ほど、話が出た鏜無念流の秘剣熊の爪を駆使できるのは、飯塚兵部だけであるからな。備前守さまはそれにいたく感服なさっておるのだ」

「大貫殿は秘剣熊の爪がどのような技なのかご存じなのですか」

平九郎の問いかけに大貫は首を左右に振って答えた。

「存ぜぬ。ただ、一撃必殺の技であるとは耳にしておる」

「そうでしょうな。三年前に見た熊退治も、まさしく一撃でした」

「家中の者より鏜とはな、『ころし』」を並べ替えたと聞かされた。つまり、鏜無念流は人を斬るための剣術だ。必殺の剣術であるな」

大貫は言った。

なるほど、必殺剣の第一人者飯塚兵部であるのなら、負けは死を意味するのだろう。

「このままでは、両家の間はもつれにもつれますぞ」

平九郎が言うと、

「そんなことはわかっておる」

大貫は腕を組んだ。

「評定所《ひょうじょうしょ》に訴えることになります」

平九郎は言った。

「評定所か」

大貫は口の中でぶつぶつと答えた。

評定所は今日で言う幕府の最高裁判所である。寺社《じしゃ》奉行、江戸町奉行、勘定《かんじょう》奉行の三奉行が訴えを吟味《ぎんみ》し、裁く。扱う案件は三奉行が管轄《かんかつ》する地域を跨《また》いだ訴訟や事件、あるいは大名家の御家騒動や大名同士の争いである。

評定所に訴えれば、当然将軍の知るところとなり、大内家、室田家、双方に厳しい目が向けられる。

敗訴しようものなら、御家の面目は失墜《しっつい》、そればかりか、将軍の心を煩《わずら》わせたと、何らかの処罰が下されるかもしれない。改易《かいえき》にはならないだろうが、減封《げんぽう》か藩主の隠居、関わった重臣の切腹はあるかもしれない。

「評定所に訴える事態は避けようと思っております。ですから、何卒《なにとぞ》、備前守さまの謝罪を……」

　平九郎は再度申し入れた。

「むろん、それがしとて思いは同じだ。できる限りやってみる」

　大貫も強い意思を示した。

　平九郎は一礼して腰を上げた。

　と、

「大貫殿、道場を見学したいのですが……あ、いや、外から見るだけでよいのです」

　平九郎が頼むと大貫は案内に応じた。

　御殿を出ると、御殿裏手に道場は構えられている。平九郎は、大貫と共に道場見学に向かった。

　道場に行く途中、古着屋、青物屋、魚屋、酒屋、貸本屋、蕎麦屋、鮨屋、それに煮売り屋などの小屋が建ち並んでいた。藩邸内にこうした日常品を扱う店を出入り商人に任せているのは珍しくはない。特に喜多方藩は藩士の不要不急の外出を禁じているため、屋敷内で日用品を求めたり、飲食ができるようにしている。

特に煮売り屋、すなわち、煮豆を肴《さかな》に酒を飲ませる店は重宝《ちょうほう》がられた。前を通りかかると、

「大貫さま、一杯、どうぞ」

店の主人が声をかけてきた。

「いや、よい。公務中だ」

大貫は断った。

「そうですか、ならお勧めしません」

素直に主人は引き下がった。

手拭で頬被りをし、粗末な木綿の着物に身を包んだ小柄な男だ。

「繁盛しておるか」

大貫が気遣うと、

「お陰さまで繁盛しております。贅沢《ぜいたく》な悩みですが、歳のせいか、くたびれるのが早くて」

主人は屈《かが》めた腰を手で叩いた。

「繁盛しておるのだから、人を雇えばよかろう」

「そうですがね。中々、人手《ひとで》がありません。どなたか、心当たりがございましたら……あ、いえ、自分で見つけます」

「よい働き手が見つかるとよいな」

声をかけてから大貫は道場へ向かった。

道場は真新しい瓦《かわら》が葺《ふ》かれた平屋であった。武者窓越しに気合いの入った稽古の様子が聞こえてくる。

すると、

「待たれよ」

飯塚がやって来た。

飯塚は早くも紺の道着に着替えていた。道着がぴったりと身体に馴染《なじ》んでいる。平九郎に視線を向け、

「他藩の者は立ち入りを遠慮してもらう」

轟然《ごうぜん》と言い放った。

次いで、大貫を見やって、

「大貫殿、他藩の者をご案内とは、大いなる手抜かりでありますぞ。道場に限らず、屋敷内を見させてよいはずはない」

飯塚の言うことは正論である。

大名屋敷内の構造は秘密事項とされている。赤穂浪士《あこうろうし》が吉良《きら》邸に討ち入る際に、吉良邸の図面を必死で入手したのは有名だ。ただ、泰平《たいへい》が続き、男所帯の大名屋敷には、様々な商人が出入りするようになり、建前《たてまえ》程の厳しい制約はない。

喜多方藩は厳格に他家の出入りに目を光らせているようだ。

「これは、失礼致した」

大貫が詫び、平九郎も頭を下げると足早に立ち去った。

四

藩邸に戻った。

書院で矢代と前園に喜多方藩邸訪問の経緯を報告した。

「それ見たことか。喜多方藩相手に妥協の余地などないのじゃ」

前園は顔を歪《ゆが》めた。

矢代は無表情のまま、

「椿、喜多方藩は歩み寄りの姿勢を見せそうにないか」

「大貫殿は落とし所を探っておられるようでしたが、側用人の飯塚兵部殿は強気一辺倒でござります」

平九郎が答えると前園が鼻白《はなじろ》んで言った。

「わかったものではないぞ。大貫の狐ぶりを思えば、それも芝居というか、筋書きあってのことかもしれぬ」

つまり、飯塚は強硬姿勢、大貫は宥和《ゆうわ》姿勢を見せることで、横手藩大内家をほんろうし、折衝を有利に進める。

「飯塚のような強硬論者がおるゆえ、国家老の断り書きだけで我慢しろ、というのが大貫の魂胆《こんたん》なのではないか」

前園の考えを矢代は聞いてから、

「考えられなくはないが、いずれにしても、折衝は困難じゃな」

「それならば、いっそのこと評定所に訴えればよいではないか」

前園は言った。

平九郎が、

「それは、いかがでしょうか。評定所に訴えれば、双方、抜き差しならぬ間柄となり、関係の修復は難しくなります」

「さりとて、喜多方藩が当家の言い分に耳を傾けることがないからには、評定所で決着をつけるしかあるまい。それに、訴えれば、間違いなく当家の勝ちじゃ。のう、矢代殿」

前園は矢代に賛同を求めた

「確かに、他藩領に無断で踏み入り、捕物騒ぎを引き起こした喜多方藩の罪状は明白じゃ。評定所に訴えれば、当家の勝ちは間違いあるまい。吟味を行うまでもないことじゃ」

矢代も応じたとみて、前園は強気となった。

「ならば、訴えましょうぞ」

しかし矢代は首を左右に振り反対した。

「いくら、当家が勝ったとて、椿が申したように、喜多方藩との関係は修復できぬ。いや、溝は深まり、それが将来に大きな禍根《かこん》を残す」

「矢代殿、それでは泣き寝入りせよと申されるか」

前園は平九郎に視線を移した。

「泣き寝入りではござらぬ。今、この問題を激情のままに対処してよいものかと、危惧するのじゃ。両家は戦国の終わり、太閤《たいこう》の天下一統以来、深い因縁《いんねん》が続いてきた。

その因縁がより一層深まれば、将来、もっと大きな争いの種となろう」

矢代らしい慎重で冷静な考えだが、

「大事なのは今でござる。喜多方藩の不浄役人どもに土足で領内を荒らされた屈辱を見過ごすわけにはいきませぬ。こうしたことは、世間の噂となります。口さがない江戸の野次馬どものこと、当家の弱腰を好き勝手に嘲笑《あざわら》いますぞ」

前園の言う通りだろう。それは、平九郎ばかりか、矢代もわかり過ぎるくらいにわかっているに違いない。

すると、盛義の小姓がやって来て大広間に来るよう告げた。

「殿も憂慮《ゆうりょ》なされておられるわ」

前園はよっこらしょと腰を上げた。平九郎と矢代も立った。

大広間に入ると、上段の間には盛義の他、盛清も並んで座していた。盛清も喜多方藩との折衝に気を揉んでやって来たようだ。

矢代が平九郎の報告をかいつまんで話した。盛義は黙って聞いていたが、

「それで、いかがするのじゃ」

盛清は強い口調で三人に下問《かもん》した。

前園が両手をつき、

「かくなる上は、評定所に訴え出てしかるべきと存じます」

と、嗄れ声で言上《ごんじょう》した。

矢代が異論を唱えようと盛義に向いた。

すると、

「渋柿、たまにはよいことを申すではないか。そうじゃ、その通りじゃ。訴えろ。喜多方藩室田家中の者どもに思い知らせてやれ」

両手を打ち鳴らし盛清は賛同した。

盛義は口を開かない。

すると盛清が、

「殿、喜多方藩室田備前守を評定所に訴えるべきと、渋柿、いや、前園新左衛門は具《ぐ》申《しん》致したぞ」

と、声をかけた。

盛義は前園ではなく矢代を見た。矢代の考えを聞きたいようだ。それを見た盛清がすかさず、

「前園、殿にしっかりと言上せぬか」

と、矢代の発言を制した。

前園は、

「殿、室田備前守さまを評定所に訴えましょうぞ」

と再び強い口調で、言上した。

「よかろう」

盛義は小さな声で承知した。


評定所の吟味の日となった。

式日である如月二十一日の昼下がり、朝から雨が降っている。評定所は、江戸城辰《たつ》ノ口《のくち》の伝奏《てんそう》屋敷四千二百坪の敷地を二分割にした北側であった。周囲を丸太塀が囲み、公事《くじ》門、表門、通用門の三つの門がある。

吟味は、寺社奉行、町奉行、勘定奉行の他に大目付、目付が加わる五手掛《ごてがかり》で行われた。大名家の御家騒動や大名間の争い事を裁くとあって、評定所最高の人員構成である。

加えて、月番老中斉木越前守義継《よしつぐ》が立ち会った。老中が吟味に口を差し挟むことはないが、意見を求められれば述べる。当然、老中の発言は重く受け止められる。

平九郎と矢代、大貫が並んで下座《げざ》に座った。吟味を行う者たちはコの字に連なっている。正面に寺社奉行が真ん中、その左右に町奉行と勘定奉行が座した。大目付と目付は両側に居並んだ。斉木は離れた位置に座った。

斉木は五十四、五歳、何処にでもいるような初老の侍だ。目をしょぼしょぼとさせて、いかにも億劫《おっくう》そうである。西念から聞いた面倒が嫌いというのが当《とう》を得ていそうだ。

隅には書役が数人、文机《ふづくえ》に向かっていた。

屋根を打つ雨音が耳につく。梅は散り、桜が待ち遠しいが、蕾《つぼみ》が萎《しぼ》んでしまいそうな寒さだ。

目付から訴えの儀を述べるよう命じられて、平九郎は訴状を読み上げた。喜多方藩室田家が罪人捕縛とはいえ、無断で横手藩領に踏み込み、罪人を召し捕っていった。その際、領民に怪我人が出たことをまとめた訴状である。

「これは、御公儀のお定めである、『自分仕置令《じぶんしおきれい》』に反するものであります」

平九郎は結んだ。

「自分仕置令」とは元禄《げんろく》十年（一六九七）幕府が発した法令である。その中身は、大名家の領内で発生した事件は、他領に関わりない限り、当該《とうがい》大名に捜査、刑罰権がある。次に管轄《かんかつ》を跨いだ事件の場合は、幕府に届け、幕府による吟味と仕置が行われるというものだ。

従って、今回の場合、喜多方藩は領内から罪人が横手藩領に逃亡したことを横手藩に通告し、喜多方藩、横手藩双方から幕府に届けねばならなかったのだ。

喜多方藩が横手藩に無断で罪人を捕縛したのは、「自分仕置令」に反するのである。

評定所の吟味において、幕府の法令と先例は何よりも重要視される。喜多方藩の非は取り調べるまでもなく明らかであり、横手藩の勝訴は約束されたようなものだ。実際、平九郎は西念の取り成しで奥祐筆組頭及川宗吾《おいかわそうご》に面会し、訴えの勝算を確かめた。及川は吟味の必要もない明確な一件であると横手藩の勝訴だと答えたのだった。

しかし、大貫は泰然自若《たいぜんじじゃく》として端座《たんざ》している。

目付から、横手藩の訴状について相違ないかと問われても堂々と胸を張って答えた。

「いかにも、『自分仕置令』に反する行いでござりましたが、当家と致しましては、一刻を争うと判断し、罪人召し捕りを優先させ、しかる後《のち》に大内家中と御公儀に届け出を致す予定でござりました」

横手藩邸で語った理屈を、大貫は繰り返した。他に言い訳のしようがないのだろう。

喜多方藩の捕方が捕縛した罪人たちが偽造した喜多方藩、横手藩の偽造藩札が目付から示された。

次いで、書役《かきやく》から何らかの書付が回覧された。最後に老中斉木に手渡される。斉木は眠そうな目で書付に目を通した。

寺社奉行が口を開いた。

「宝暦《ほうれき》三年（一七五三）の裁許書《さいきょしょ》に先例があった」

と、先例の裁許書が読み上げられた。

今回同様、贋藩札を造作した源六《げんろく》という罪人捕縛と処罰である。津山藩松平越後守《つやまはんまつだいらえちごのかみ》の領内で贋藩札を造作した源六は、美作国《みまさかのくに》の幕府天領《てんりょう》に居住していた。津山藩は幕府へ断りなく天領に踏み込み、源六を捕縛、処罰したというのだ。

津山藩松平家は二代将軍秀忠《ひでただ》の兄、結城秀康《ゆうきひでやす》を祖とする譜代《ふだい》名門だが、御家騒動の不祥事が続き、事件当時は五万石の小大名になっていた。それでも、血筋の良さから国持格、すなわち大広間詰の家格《かかく》であった。

それにしても、幕府直轄地に無断で踏み込み、罪人を自分仕置し、これが許されたのである。

そんな馬鹿な。まさかの先例である。平九郎は息を呑んだ。横目に矢代の喉仏がごくりと動いたのが映った。

ここで斉木が独り言のように呟いた。

「先例があるではないか」

これにより、吟味の流れは決まった。

横手藩の訴えは退けられた。

敗訴である。

平九郎は雨空を見上げ、唇を嚙んだ。

第三章　剣豪祐筆《ゆうひつ》

一

その日の夕方、横手藩邸の書院で、

「まんまとしてやられたではないか」

前園は激怒した。

雨は上がったが肌寒い風が吹きすさんでいる。

返す言葉もなく、平九郎は茫然《ぼうぜん》としている。

「大貫の狙いはこれだったのだ」

顔を歪めたまま前園は言い添えた。

大貫は巧みに評定所の場に横手藩を引きずり出したのだと前園は決めつけた。横手藩は勝訴を確信していた。いくら罪人捕縛であろうと他藩の領内に断りもなく踏み込むのは許されない。

たとえば、江戸において、南北町奉行所が捕物のためとはいえ、断りもなく大名藩邸に入るなど、絶対にできないのだ。勝ちがわかりきった訴訟ゆえ、横手藩は評定所に訴えたのだ。

ところが、評定の場では他藩領への無断捕縛に先例があると示された。評定所に限らず、吟味において重要視されるのは先例である。大貫は先例があるのを知っていたため、横手藩が評定所に訴えるのに応じた。いや、前園が言っているように、横手藩が評定所に訴えるよう仕向けたのだ。

幕府最高の裁許の場である評定所で横手藩の面目を潰すつもりだったに違いない。

「椿、うまいようにやられてしまい、どう責任を取るつもりじゃ」

嵩《かさ》にかかって前園は平九郎を責め立てた。

屈辱と藩への申し訳なさ、大貫への怒りで、謝罪の言葉すら浮かんでこない。それでも何か言おうとしたが、口中《こうちゅう》はからからに乾ききり、舌が動かない。

「黙っておってはわからぬぞ！」

前園が怒鳴ったところで矢代が割って入った。

「こたびの一件、椿のせいばかりではない。むろん、責任はわしにもある。わしに責任を取れと申されるのなら、取りますぞ。家老と留守居役を辞する」

いつにない、矢代の強い口調に、

「いや、それは……今回のことは、その……誰のせいというのではござらぬ。元はと申せば、当家に断りもなく領内に踏み込んだ喜多方藩室田家の理不尽に問題があるのですからな」

前園は落ち着きを取り戻した。

矢代ものっぺらぼうの表情となって言った。

「責任は後日とるとして、今回の一件をこのままにはできぬ。当家の面目が立つよう、しかと手を打たねばならぬ」

淡々とではあるが、強い意思が込められた矢代の主張に、前園は圧倒されたように口をつぐんだ。

平九郎もようやく言葉が出て来た。

「何としても、身命《しんめい》を賭《と》してやり遂げます」

平九郎は眦《まなじり》を決した。

前園は目をしばたたいていたが、

「お任せ致す」

と、矢代に一礼して座を掃った。

前園がいなくなってから、

「いかに致しましょう」

平九郎は矢代に向き直った。

「さよう、まずは奥祐筆に事情を確かめる」

「今回の評定所での吟味に当たって、先例を調べ上げた奥祐筆さまに問い質《ただ》すのですね」

「そのため、西念殿を呼んだ。今回の吟味、どの奥祐筆が担ったのかを調べてもらったのだ」

さすがは矢代である。

まさかの敗訴で混乱の極みにあった横手藩内にあっても、冷静に事態を把握しようと動いていたのだ。評定所の吟味は寺社奉行、町奉行、勘定奉行のいわゆる三奉行が行うが、どのような裁許を下せばいいのかは、奥祐筆が先例を調べ上げ、三奉行に先例と意見を添えて提出する。三奉行は概《おおむ》ね奥祐筆の意見を参考に吟味を進め、裁許を下すのだ。

これは、南北町奉行所の御白州《おしらす》においても同様である。裁許は町奉行が言い渡すが、裁許に当たっての実際の吟味は、吟味方与力《よりき》が例繰方《れいくりかた》で調べ上げた先例を参考に行い、奉行に上申するのだ。

今回の評定において先例を調べ、三奉行に意見を具申《ぐしん》したのは誰か、大いに気になるところだ。

折よく西念の来訪が告げられた。矢代はここへ通すよう命じた。程なくして西念が入って来た。今回の評定、横手藩の敗訴に西念も衝撃を受けているようで、顔を蒼ざめさせている。

「わかったか」

矢代が問いかけると、

「先例を整え、評定所の吟味を事実上行ったのは奥祐筆の上野法賢《うえのほうけん》さまです」

西念は答えた。

「上野法賢か……」

矢代は苦虫《にがむし》を嚙んだような顔になった。

「いかがされましたか」

平九郎が疑念を呈すると西念が答えた。

「上野さまは奥祐筆の中でもひときわ切れ者と知られておりますな。御老中斉木越前守さまも全幅《ぜんぷく》の信頼を寄せておられます」

「上野の調べであるのなら、間違いはない、と、御奉行方も斉木さまも得心されたのだな」

　矢代は唇を嚙んだ。

　西念も唸った。

「上野さまが吟味の下調べを行ったとなりますと、厄介《やっかい》ですな」

　矢代はしばらく思案をしてから、

「上野さまと会いたいのだが」

　と、西念に言った。

「会えるよう段取りを組んでみましょう。ああ、そうだ。上野さまは、花膳の酒と料理がお好きなのですよ」

「ならば、花膳で接待をするか」

「わかりました。上野さまに申します。それから、上野さまは大変な酒豪でいらっしゃいます。杯は大きめのものを用意なさりませ」

　承知した上で西念は助言した。

「西念殿も一緒に、いかがかな」

「参ります。拙僧《せっそう》も花膳は大好きですからね。お相伴《しょうばん》に預かります」

西念はにんまりと笑った。

次いで、直接会うことを念頭にしてか、

「上野さまは奥祐筆としては型破りなお方です」

と、改めて上野の人となりを話し始めた。

西念によると、上野は身の丈六尺の偉丈夫《いじょうふ》だそうだ。その身体にふさわしく、剣術の達人だと西念は言った。

「剣術の達人というと……」

平九郎は興味を覚えた。

「奥祐筆のお役目が多忙になられる前は芝の東軍流《とうぐんりゅう》浜口有閑道場《はまぐちゆうかんどうじょう》の師範代を務めておられました。小太刀の名人と言われておったそうですぞ」

「文武両道のお方ということですか」

平九郎は上野との会見が楽しみになった。

三日後の二十四日、平九郎と矢代は花膳にやって来た。どんよりとした曇り空の昼下がり、客は少ない。

桜は七分咲といったところだが、平九郎に愛《め》でるゆとりはない。

奥の座敷にお鶴が案内をする。

座敷に入ってから、

「大丈夫ですか」

ふと、お鶴は問いかけてきた。

「大丈夫とは……ああ、今回のこと、耳にしたのだな。さすがは、料理茶屋の娘だ。耳が早い」

感心する平九郎に、

「料理茶屋の娘でなくても、知っていますよ。巷《ちまた》では大変な話題になっています。読《よみ》売《うり》にも書かれているんすから」

お鶴に言われ、

「なんだって……もう、本当に江戸の者は噂好きだな」

平九郎が嘆くと、

「あら、お国でも同じなのではありませぬか」

お鶴はくすりと笑った。

それから、

「どうも失礼しました。笑い事ではありませんよね。御家の体面がいたく傷ついてしまったのですものね。椿さまもご心労なのじゃありませんか」

一転してお鶴は気遣ってくれた。

「わたしのことはいいのだ。わたしが蒔いた種なのだし」

平九郎は頭を掻いた。

「椿さま、ほんと、生真面目でいらっしゃいますから、気を詰めてはいけませんよ」

「わたしは、抜けたところがある。気を詰めることにはならないよ」

「まあ、それならよろしいですけど。とにかく、わたくしは、精一杯のお料理とお酒でおもてなしを致します」

「頼む」

平九郎は頭を下げた。

「やめてください」

お鶴はくすりと笑った。

お鶴の笑顔に無限の和《なご》みを覚えた。

床の間を背負った上座は上野のために空けておいた。

やがて、仲居たちが食膳を運んで来た。

豪勢な料理が美しい漆器に盛り付けられている。ところが、お鶴の目が剣呑《けんのん》に彩られた。仲居を廊下に連れ出す。何やら指示を与えると座敷に戻って来た。

お鶴は矢代に両手をついた。

「申し訳ございませぬ。直《ただ》ちに、お膳を取り替えます」

「何か料理に手違いがあったのか」

平九郎が問いかけると、

「お料理ではなく、器です」

お鶴に言われ、平九郎は汁の入った椀を手に取った。器を通じ、汁の温もりが伝わってくる。漆塗りの椀には沈金《ちんきん》で月が描かれている。

「美しいではないか」

首を傾《かし》げ平九郎が言うと、

「喜多方塗の漆器なのでございます」

目を伏せてお鶴は答えた。

これが喜多方藩の名産、喜多方漆器かと平九郎は膳を見直した。茶器だの工芸品だのには無関心な平九郎であるが、漆塗りの美しさ、見事さは感じ入るものがあり、高級料理茶屋の座敷にふさわしい。

「構わぬぞ」

矢代が膳を取り替える必要はないと許した。

「そうだよ。きれいな器は料理も引き立つ」

平九郎も言い添えた。

お鶴は恐縮して、

「お言葉に甘えます。このお詫びはお料理とお酒にてお返し致します」

矢代はうなずき、

「勘定でもな」

と、無表情で言った。

そこへ、西念がやって来た。小柄な身体らしい軽やかな身のこなしで座につく。お鶴はそれではと座敷を出た。

「上野さま、間もなくやって来ますよ」

西念が告げると、平九郎の胸に緊張が走った。

「それから、これは、御城坊主仲間から耳にしたのですがね、上野さまは喜多方藩の上屋敷をよく訪れておられるそうですよ」

「となると、大貫殿と懇意にしておられたかもしれませぬ。大貫殿は上野さまに喜多方藩が有利になるよう働きかけていたのではありませぬか」

平九郎の推量にうなずきながらも西念は自分の考えを述べ立てた。

「吟味が喜多方藩に有利に進むよう上野さまが取り計らったとしても、先例は偽造できませぬ。先例の裁許文は本物でした」

「ああ……そうか。そうですよね、先例は動かしようがありませぬね。でも、都合が良すぎる気がします。やはり、文書を作ったのではないでしょうか。腕利きの奥祐筆なら、文書の偽造くらいはできましょう」

平九郎が異を唱えると、

「それは考えにくいですな。御公儀の文書を偽造するなど、あってはならないことですし、他の奥祐筆方も確かめております。先例の文書にある花押は裁許の時の御奉行方のものに間違いなかったそうですよ」

西念は明確に否定した。

「それはそうですな」

平九郎も反論できない。

評定所の裁許文書の偽造などは不可能に違いない。

「ただ、上野さまが大貫殿の依頼で喜多方藩の有利になるような先例を見つけ出したとは十分に考えられます」

西念の言う通りだろう。

「斉木さまと上野さまは懇意にしておられるのですな」

「斉木さまの上野さまへの信頼は厚いですな。斉木さまは、面倒な仕事はお嫌いですから、日頃より、老中文書の作成を任せておられます」

西念はくすりと笑った。

「ということは、ひょっとしたら、斉木さまと喜多方藩は、上野さまを通じて繋がっているのかもしれません……ああ、これも勘繰り過ぎでしょうか」

口を閉ざしている矢代を横目に、平九郎は推量を続けた。

幸い、

「否定できませぬ」

西念は応じてくれた。

「となると、斉木さまと喜多方藩室田家で横手藩大内家の体面を貶《おとし》める。目的は喜多方藩の国持格への昇進願いにつながるため、でしょうか」

そこへ、上野の到着が告げられた。

襖が開いた。

なるほど、雲を突く大男だ。地味な焦げ茶色の小袖《こそで》に裁着け袴《たつっばかま》、同色の袖なし羽織を重ねていた。月代《さかやき》を残して結《ゆ》った髷《まげ》、いわゆる儒者髷《じゅしゃまげ》、長い顎、切れ長の目、異能《いのう》の面相《めんそう》で、西念より四十歳と聞いたが、ずっと年長、五十過ぎに見える。

上野は鴨居《かもい》に頭がぶつからぬよう、腰を屈めて入って来た。

「本日は、わざわざの御越し、恐縮です」

矢代が挨拶をした。平九郎も両手をつく。

「いやいや、そう堅苦しい挨拶は無用に致しましょう。今日は、ひとつざっくらばらんに酒を酌み交わそうではござりませぬか」

鷹揚《おうよう》に構え、床の間の前に上野は座した。

西念に言われ、上野の膳には大杯が置いてある。五合の酒が入りそうだ。

平九郎が酌をしようとするのを制し、

「酒は手酌で飲むと心得ております」

と、蒔絵《まきえ》銚子から大杯に並々と酒を注ぎ右手で持った。黒漆に山と月が沈金で描いてある。

「磐梯山《ばんだいさん》じゃな。まこと、美麗な喜多方塗の杯でござる。今宵は酒が進みそうじゃ」

愉快そうに笑うと、上野は大杯を口につけた。ごくごくと水のように飲み込んでゆく。咽喉《のど》が鳴り、喉笛《のどぶえ》が蠢《うごめ》いた。ほんの瞬きいくつかの後、上野は飲み干した杯を膳に置き、満足そうに息を吐いた。

「お見事！」

思わず平九郎は声をかけてしまった。

二

上野は上機嫌で酒を飲み、料理を楽しむ。

西念と一つ一つの料理を褒め上げながら楽しんでいる。やがて、落ち着いたところで矢代が切り出した。

「今回の吟味ですが、上野さまが先例を見つけ出し、その先例に沿った裁許が下りたのですな」

「それがわしの役目ですからな」

それがどうしたとでもいうような目で上野は返した。

「喜多方藩の働きかけはあったのですか」

のらりくらりではなく、矢代は真正面から問いかけた。

「働きかけというか、ご挨拶は受けました。ですが、それによって奥祐筆の働きが変わるものではない。わしが手心を加えようにも、先例は無視できない。あの先例はまぎれもない事実ですぞ。わしがどうのこうのと考えを差し挟めるものではない。よって、わしが評定所の吟味に果たした役割は、あくまで事務上のことですぞ。裁許なさったのは、三奉行の方々でござります。裁許をお認めになったのは御老中斉木越前守さま」

「それはそうでしょうが……」

矢代は上野の答えを受け入れながらも、首を捻り次の疑問を呈した。

「ところで、評定の場には御老中斉木越前守さまがご臨席なさりましたな。何故、御老中が出席なさったのですか」

「それは、月番老中としての責任でござりましょう。今回は大名家同士の訴訟沙汰ですからな。重大事においては、御老中が評定の場にご出席なさるのは、珍しくはござりませぬ」

当然のように上野は答えた。

ここで平九郎が、

「上野さま、腹を割ってください！」

と、強い口調で割り込んだ。

「わしは、嘘は吐《つ》かぬぞ」

心外だとばかりに上野は目をむいた。

「いえ、嘘とかではなく、何か働きかけが喜多方藩からあったのではありませぬか」

平九郎は続けた。

「じゃから、わしは先例を見つけ出し、評定の場に助言をしたに過ぎぬのだ。申したであろう。挨拶は受けた、と」

勘繰るなと、上野は強く言った。上野の機嫌が悪くなったところで西念が、

「上野さまは、最優秀の奥祐筆でいらっしゃいますぞ」

と、横から口を挟んだ。

「世辞を申すな」

満更でもないように上野はにんまりとした。

唐突な西念の上野の礼賛に平九郎は戸惑った。

西念は続けた。

「というのはですな、今回の評定、御城坊主の間で、賭けがなされたのです。横手藩、

喜多方藩、いずれが勝つか……あ、これは、ここだけの話にしてくだされよ」

西念の頼みに三人はうなずいた。

「ところが、横手藩勝訴を賭ける者ばかりで喜多方藩に賭けるものがおりませんでした。賭けにならなかったのです。結果からの後づけですが、喜多方藩勝訴に賭けた者があったなら、賭け金は総取り、大儲けできたでしょうがな」

あははははと、西念は笑った。上野もわざとらしいくらいの哄笑《こうしょう》を放った。他藩領に断りもなく、捕方を踏み込ませ、罪人を捕縛するなど許されないのだ。それは、徳川幕府成立以前から変わらぬことである。武家支配地ばかりか、公家、寺社の領地内に無断で踏み入ることは許されない。

「戦国の世ならいざ知らず、泰平の世にあって、それを認めたなら、世の秩序は乱れますからな」

西念の言葉に口を差し挟む者はいない。

「いわば、評定をするまでもないという意見が大半だったのです。それが、上野さまによってひっくり返ってしまった。いやあ、すご腕の奥祐筆だとみな、改めて上野さまの優秀さを評判しておりますぞ」

西念の賛辞に上野は頬を緩めて言った。

「まあ、何度も申すがわしは奥祐筆の役割を果たしただけだ」

「本来なら、奥祐筆の筆頭は上野さまがなってしかるべきです。それが……」

西念はため息を漏らした。

「西念、及川殿はその学識、ご経験からして、大変なお方なのじゃ。滅多なことを申してはならんぞ」

奥祐筆組頭は及川宗吾という齢《よわい》七十の古老が担っている。

すると、平九郎が、

「わたしは、及川さまと面談致しました。すると、及川さまは申されたのです。今回の一件、評定は多分に形だけのものとなる、と。つまり、西念殿が申されましたように、評定所が扱うまでもない、一件であると。それが、上野さまの手腕で敗北に至ったのですから、これは、負け惜しみでも皮肉でもなく、上野さまの辣腕《らつわん》には感心しきりでございます」

平九郎も持ち上げた。

「これも何度も申すように、公平な裁きを心掛け、常日頃より奥祐筆の役目を担っておる」

上野が言うと、

「畏れ多くも上さまも、今回の評定には強い関心を抱かれておりました。それで、上野さまのお働きを絶賛なさったとか。これはいよいよ、奥祐筆の筆頭は上野さまになられるのではござりませぬか」

たび重なる西念の賛辞に上野は笑みを浮かべるに留《とど》めた。

……で平九郎が唐突に言った。

「当家はもう一度、裁きを受けようと思います」

「なんじゃと」

この時ばかりは上野は意外な顔をした。

「一度、裁許が下りた一件を再び取り上げることはない」

「承知しております。承知しておりますが、座興《ざきょう》と思ってお聞きください」

と、前置きをしてから平九郎は問いかけた。

「当家が勝つにはどうすればよろしいのですか」

上野は鼻で笑った。

「これは、随分と都合のよい問いかけであるな」

「教えてくだされ」

臆面《おくめん》もなく平九郎は問を重ねた。

「矢代殿、この者、どうかしておるのではないか」

上野に言われても矢代は淡々と、

「まこと、厄介者でござります。ですが、何分《なにぶん》にも留守居役になって間なしということでござりますので、勉学のつもりで、付き合って頂けませぬか」

「まあ、酒席ゆえ、座興と思ってそなたの話を聞こうか。う〜む、そうじゃな」

上野が思案を始めたところで、

「そうだ……すっかり、失念しておりました。当家の偽造藩札、お持ちくださいましたか」

「ああ、そうじゃったな」

上野は懐中《かいちゅう》から藩札を何枚か取り出した。それから、

「これは、評定の場でも見たはずだが」

と、訝《いぶか》しんだ。

平九郎は藩札を受け取り、矢代にも見せた。

「悪いですな」

平九郎は言った。

「いかにも、藩札、貨幣の偽造は極刑に当たります」

上野は言った。

「わたしが悪いと申しましたのは、この藩札の出来です。ちなみに、これが当家の藩札でございます」

平九郎は持参した横手藩の藩札を上野に示した。上野は双方を見比べ、

「確かに、出来がよいとは申せませぬな」

と、言った。

「比べて、これは横手藩内で使われた藩札と偽造藩札です。これは、上々の出来です」

平九郎は横手藩の藩札と贋藩札も上野に見せた。

「これは、大変によくできています」

平九郎の言葉に西念が、

「まことですな。それに比べて、今回、評定所に出された横手藩内の偽造藩札の杜撰《ずさん》さは、これでは、騙《だま》される者はおらんでしょう」

と、言った。

「まさしくですな」

それがどうしたという目で上野は言った。

「あまりにも杜撰な藩札、どうして、こんなことになったのでしょう」

平九郎は疑問を呈した。

「さて、わしに聞かれてもな。ただ、考えられることは、下手人《げしゅにん》どもは、これを試作品としたのではないか。つまり、まずは試しに作り、それから、本格的な造作にかかるつもりだった、のでは」

上野の考えに平九郎は深くうなずきながらも、

「あるいは、横手藩の藩札を偽造した者と喜多方藩の藩札を偽造した者は別であったのでは……」

と、考えを述べ立てた。

「なるほど、それは考えられなくはないが、では、横手藩山田村に潜伏していた罪人どもは、喜多方藩が追っていた者と違うということか」

「そこまではわかりません。何らかの関係があるのかもしれません」

「喜多方藩は当然のこと、捕えた者たちを取り調べたであろう。その結果、間違いないと判断して処断したのだ。よもや、無関係ではあるまい」

上野は言った。

西念が、

「もし、無関係なら、喜多方藩の捕物は完全な越権行為《えっけんこうい》になりますな」

「いかにも」

矢代が応じた。

「上野殿もさよう思われますな」

平九郎は念押しをした。

「いや、待て、そもそも、想像に想像を重ねても意味はない」

あくまで冷静に上野は言った。

三

「これは、失礼致しました。もし、喜多方藩が追っていた藩札偽造の下手人ではない者を喜多方藩の捕方が横手藩内において無断で捕縛したとしたら、評定のやり直しができるのではありませぬか」

平九郎の考えに、

「それはどうかな」

上野は首を捻った。

平九郎が言葉を重ねる前に矢代が平九郎に語りかけた。

「たとえ、間違いだったとしても、それを真の下手人と思って踏み込んだということであれば、今回の争点は変わらない。というわけじゃ」

「そういうことじゃな」

上野もうなずく。

「では、それは骨折り損になるということですか」

平九郎はため息を吐いた。

「まあ、名誉挽回を期するのであれば、今回の一件にはこれ以上、踏み込まない方がよいと存じますぞ。それよりは、喜多方藩と和睦《わぼく》することであるな」

上野は勧めた。

「あ、そうそう。先ほど聞きましたが、今回の一件で、当家が逆転できる、その秘策を教えてくださいませぬか」

改めて平九郎は頼んだ。

「ふん、まだこだわるか。それは、もう、いい加減に諦めよ」

「諦めますから、何か、知恵はござりませぬか」

平九郎は粘った。

「困った男じゃな。ま、よいか。ならば一つ申そう」

上野は勿体《もったい》をつけるようにこほんと咳をした。それからおもむろに、

「先例を疑うことじゃな」

上野はさらりと言ってのけた。

「先例を疑う……それはどういうことですか」

「申した通りの意味じゃ」

けろりとして上野は自分の手で顔を拭った。人を食ったような上野の言動に、平九郎は小馬鹿にされた思いだが、そんな気持ちをぐっと押し殺して問いかけた。

「それは、上野さまが提示された先例が間違っておると、申されるのですか」

即座に西念が、

「それは考えられませぬな。公儀の文書ですからな」

と、強い口調で否定した。

上野もうなずく。

それから、

「では、少し待ってくれ」

上野は小用に立った。

上野の巨体がなくなり、床の間の掛け軸が見える。唐土《とうど》の渓谷を描いた墨絵で、書画骨董に無縁の平九郎ゆえ、作者はわからないが、名のある絵師の筆によるのだろう。

「椿さん、やはり、打開するのは難しいですぞ」

西念が言った。

「……何か引っかかるんですよ」

平九郎は首を捻った。

「何がですか」

西念も首を傾げる。

「奥祐筆組頭の及川さまも、御城坊主の皆様も、横手藩の勝訴を疑わなかったのですよ。それが、都合よく、上野さまは先例を探し当てた、……ちょっと、うまく事が運びすぎのような気がするのです」

訥々《とつとつ》と平九郎は疑問を蒸し返した。

「確かにそうですが、だからと言って……」

西念は矢代を見た。

矢代は黙々と酒を飲んでいる。

すると、

「きゃあ！」

鋭い、女の悲鳴が聞こえた。

異変が出来《しゅったい》したに違いない。

「お鶴ですね」

平九郎は立ち上がり、座敷を出た。

お鶴が真っ青な顔でやって来た。

「どうした」

「上野さまが……」

お鶴は唇を震わせた。

「いかがした」

問いかけておいて、自分の目で確かめようと、お鶴の返事を待たず、平九郎は座敷を出た。厠へと繋がる廊下を進む。やがて、庭に出た。夕暮れ近くとなり、石灯籠に灯りがともされている。

縁側に男が倒れているのが見えた。

六尺に余る巨体、上野法賢である。上野の身体からは大量の血が流れていた。急ぎ足で近づき、傍らでうずくまった。

喉笛から大量の血がどくどくと溢れ出ていた。脈を確かめると、既に事切れている。何者かに刺されたようだ。

その時、庭の茂みが動いた。視線を向けると侍が飛び出し、脱兎《だっと》の勢いで裏木戸から出て行くのが見えた。

その背中に見覚えがある。

藩主盛義の馬廻り、秋月慶五郎……。

まさか、秋月が上野を刺殺したのか。

平九郎は縁側から庭に降り立ち、庭を横切ると裏門を出た。薄暮《はくぼ》の往来に秋月の姿はない。藩邸に戻れば秋月を捕まえることはできよう。

ともかく、異変を矢代と西念に報《しら》せなければならない。

座敷に戻った。

「上野さま……は、いかがされましたか」

上野の身に何か起きたのではと、異変に西念は不穏な顔つきとなっている。

「殺されました」

静かに平九郎は告げた。

さすがの矢代も降って湧いた凶変《きようへん》に、ほんの少しだが眉を上げた。西念と矢代も現場に立ち会った。お鶴が浅草風神雷神門前の自身番に急報をした。

血溜《ちだ》まりに仰臥《ぎょうが》する上野の亡骸に、平九郎と矢代は手を合わせた。西念は経を唱える。ひとしきり経を読み終えると、

「下手人は何者でしょう」

西念は恐怖に顔を引き攣らせながら言った。

「上野殿に恨みを抱く者でしょうか」

秋月を脳裏に浮かべつつ平九郎は返した。秋月のことは本人に確かめるまで伏せておこう。秋月慶五郎という男、一本気な人柄である。同時に忠義心に厚い。

評定所での横手藩敗訴の陰に奥祐筆上野法賢あり、と知り、義憤《ぎふん》に駆られて殺したのだろうか。

いや、それはあるまい。

一本気な秋月は剣術も正々堂々とした立ち会いを好む。卑怯な手段を嫌う。上野の亡骸は騙し討ちされたことを物語っている。

上野は東軍流の道場で師範代を任されていた程の剣客であった。腰に大刀は差していないが、脇差《わきざし》は帯びている。西念によると、上野は小太刀の名人と称されていたと

などあり得ない。脇差さえあれば、刺客とは十分に渡り合える。咽喉を一突きにされるか。であれば、下手人が上野の喉笛を突くことができたのは、上野の油断をついたからだ。逆に考えれば、上野が油断する程の親しい人物であったか、油断を誘うように騙したかだ。秋月は上野とは面識はなかったであろうし、卑怯な騙し討ちなどもっての外《ほか》である。秋月が下手人とは考えられない。とは言っても、殺害現場に居合わせ、遁走《とんそう》したのは事実だから、事情を確かめねばならない。

それまで、西念には秋月を目撃したことは黙っておこうと、改めて平九郎は決めた。

「それにしましても、下手人は上野殿がここに来ていることを存じておるということになりますな」

西念は言った。

「物盗りとは思えませぬ」

平九郎の言葉に、

「その通りだな」

矢代も賛同した。

「確かに敵の多いお方でしたよ。日頃より、才気走《さいきばし》った言動をなさっておられましたからな。同僚方の間違いを声高《こわだか》に罵倒《ばとう》なさったりもしたとか。その上、御老中斉木越前守さまの信頼厚く、褒美《ほうび》も受け取っておられたそうです」

　という西念の言葉を受け止め、矢代が返した。

「そういえば、上野さまは喜多方藩は喜多方漆器に目を細めておられたな。先だっての公方さまへの進物、喜多方漆器であった。斉木さまが大貫の答礼を受けたのは、喜多方漆器を贈られたからだと邪推《じゃすい》したものだが、まこと、斉木さまは大貫から喜多方漆器を贈られ、上野さまもおこぼれに預かったのかもしれぬ」

「そうですな、そうに違いありませんよ」

　西念は納得したように何度もうなずいた。

　上野法賢と斉木越前守、喜多方藩の意向を受け、横手藩敗訴に動いたのだろうか。

　動いたとしても、上野が吟味に当たって添えた先例は正真正銘の裁許状であった。

　斉木とて、あの裁許状があったから、横手藩敗訴を三奉行に自分の意見として言い渡せたのである。

四

南町奉行所による奥祐筆上野法賢殺しの探索において、秋月慶五郎の存在が浮かび上がった。同心、岡っ引の聞き込みにより、花膳の近くをうろつき、逃走する侍が目撃されていたのだ。加えて、花膳の庭の植込み近くから印籠《いんろう》が発見されるに及び、横手藩大内家中秋月慶五郎に疑いの目が向けられた。

更に、秋月は上野が殺された前日から藩邸に戻っていないのが判明、藩邸内の武家長屋には書置きがあり、藩を辞する旨、書かれていた。

二十七日、南町奉行所の探索を受け、平九郎と矢代、前園が藩邸の用部屋で協議に当たった。

「秋月、まさか、上野さまを手にかけたのであろうかのう」

前園が心配顔で言った。

秋月慶五郎は血気盛んで知られている。横手藩大内家に誇りを持ち、先頃の評定所の裁許に激しい憤りを抱いていた。横手藩敗訴の元凶である奸物《かんぶつ》奥祐筆上野法賢許すまじ、と憤怒《ふんぬ》の炎を燃え上がらせていたそうだ。

平九郎は花膳から戻ると、その足で秋月の長屋に向かった。同じ長屋に住む者から秋月が戻って来ないと聞き、密かに市中を探し廻ったのだが、広い江戸、とても平九郎一人で見つけ出せるものではなかった。

「御家に迷惑をかけまいと、御家を辞したことは、上野さま殺害を意図しての行いであろう」

前園はため息を吐いた。

「そうだとしても、我らが花膳で上野さまと面談に及ぶのを、どうやって知ったのであろうな」

矢代は疑問を呈した。

「わからぬが、秋月が捕縛されたら、当家に禍《わざわい》が及びますぞ。藩籍にはなくとも、知らぬ存ぜぬで通るかどうか」

前園は肩をそびやかした。

「当家とは関わりない者では通用せぬな」

矢代も呟くように賛意を示した。

「これでは、益々、当家の評判は地に堕ちる」

両手で頭を抱え、前園は嘆いた。

そこへ、使いの者が、

「殿がお呼びでございます」

と、告げた。

広間ではなく、書院で待っているそうだ。

「秋月のことでしょうな」

前園は大きなため息を吐いた。

秋月慶五郎は藩主盛義の馬廻り役、平九郎とは最近までは同僚であり、先頃の野駆けに際しても、決死の覚悟で盛義を守った。盛義には小姓の頃から仕えており、家中で最も近い間柄の家臣と言えた。

「殿もご心痛のようじゃな」

前園は呟くと腰を上げた。

書院で盛義は座していた。普段の茫洋《ぼうよう》とした表情ではなく、強張《こわば》った顔つきだ。平九郎たちが着座するのを見て、おもむろに口を開いた。

「慶五郎のことじゃ」

やはり、秋月について憂慮しているようだ。

「御家を辞し、上野さまを殺《あや》めた、と、断定はできませぬが、その可能性はかなり高いと思われます」

前園は盛義の気持ちを慮《おもんぱか》り、慎重に言葉を選んで話したつもりのようだが、

「そうであるか」

呟くと盛義の眉間には深い皺が刻まれた。

平九郎が、

「秋月は、殿に何か申しておりませんでしたか」

盛義は思い出すように表情を引き締め、

「上野を許せぬ、と、申しておった。しかし、わしは軽挙妄動《けいきょもうどう》を慎《つつし》むよう命じた」

「その殿のお気持ちを秋月にしてみたら、より、上野への憎悪に替えたのではあるまいか」

前園が言うと、珍しく盛義は自分の考えを述べ立てた。

「それはどうであろう。慶五郎は激情に駆られる反面、大変に親孝行な男じゃ。国許における二親《ふたおや》のためにも御家を辞することはできないこと、自覚しておる」

盛義の言う通りである。

秋月は病《やまい》がちな父親と母親への仕送りを欠かさず、孝行を重ねること、並々ならぬものがあった。

「今頃、慶五郎は何処で、どうしておるのであろうな」

盛義は遠くを見る目をした。

平九郎は、

「とにかく、行方《ゆくえ》を捜しております」

と、言った。

「慶五郎を帰参させたいのじゃ」

盛義は訴えかけるように言った。

「それは、難しいと思いますぞ」

と、答えてから前園は矢代を見た。

「まずは、秋月を探し出すこと、そして、御家を辞したわけを質《ただ》すことでござります。結果、秋月が上野さま殺害に関与していたのなら、町奉行所へ出頭させます。そうれば、帰参などは考えることもできませぬ。また、秋月本人も御家に迷惑をかける真似はしないはず、帰参など思いも及んでおらぬことでしょう」

矢代は淡々と述べ立てた。

「それはわかる。わかっておるが、そこを何とか」

盛義は苦悩の色を深めた。

「殿のお気持ちが秋月に通じればよいのですが……」

前園は遠くを見るような目をした。


盛義は書院を出た。

残った三人は改めて協議を重ねる。

「町奉行所の動きはどうなっておるのだろうな」

前園の問いかけを矢代が受け、

「椿、南町の年番与力《ねんばんよりき》渡辺小平太《わたなべこへいた》殿の下《もと》に行ってまいれ」

と、命じた。

江戸藩邸の留守居役は南北町奉行所の与力と誼《よしみ》を通じている。藩士たちが江戸市中で町人といさかいを起こしたり、厄介事《やっかいごと》に巻き込まれたりした際に、穏便《おんびん》に事を治めてもらうためだ。そのために付け届けもしており、矢代は南町の年番与力、渡辺小平太とは特に懇意《こんい》にしている。年番与力は練達の与力から選ばれる、いわば、筆頭与力であった。

町奉行は交代、異動するが与力、同心は動かない。町奉行所は実質的には与力が運営していた。

「承知しました」

平九郎は立ち上がった。

八丁堀《はっちょうぼり》の組屋敷街にやって来た。

薄日が差しているものの、依然として肌寒く、春とは思えない。

昼八半（午後三時）を四半時《しはんとき》程過ぎ、渡辺が帰宅している頃だ。

与力、同心の屋敷が軒《のき》を連ねている。同心は百坪、与力は三百坪の敷地である。与力の家禄は二百石、ぎりぎり将軍に御目見えできる身分であるが、町奉行所与力は罪人を取り扱うため、不浄役人と蔑《さげす》まれている。このため、他の与力が長屋門を構えているのに対し、冠木門《かぶきもん》であった。

但し、町奉行所の与力は他の与力とは段違いに羽振りがいい。江戸藩邸の留守居役ばかりか、商人たちからの付け届けが後を絶たない。この役得のため、評判のいい与力などは、実質千石の暮らしをしていた。物事を頼む場合、奉行所ではなく、自邸を訪ねるのが常だ。

八丁堀七不思議の一つに、

「奥さまいて、殿さまなし」

という言葉がある。

禄高二百石の与力は、本来なら殿さまと呼ばれるのだが、不浄役人という遠慮から、二百石未満の旗本、御家人と同様に旦那さまと呼ばせている。一方、旦那さまに対する妻の呼び方はお内儀なのだが、八丁堀与力の妻は奥さまと呼ばれているのだ。

奥さまは二百石以上の旗本の妻に対する呼びかけである。八丁堀与力の妻は夫不在時に様々な陳情《ちんじょう》客を相手にする。陳情に対して臨機応変、如才《じょさい》のない応対が求められ、そのための賢さを備えている。

こうした事情から、尊敬の念をもって奥さまと呼ばれているのだ。

玄関で応接に当たった渡辺の妻も聡明で品があった。平九郎が横手藩大内家家臣という素性《すじょう》を告げると、「御留守居、矢代清蔵さまはお健やかであられますか」と即座に矢代の名を挨拶に返した。平九郎は感服し、土産の饅頭と金子《きんす》十両を手渡した。

居間に通され、渡辺を待った。

大名藩邸の留守居役の来訪とあって、渡辺は裃《かみしも》に威儀を正し、入って来た。渡辺は、五十代半ば、いかにも清濁《せいだく》併《あわ》せ呑むといった風だ。妻同様、まずは挨拶の中で矢代の健康を気遣った。

「いたって壮健《そうけん》です」

平九郎の答えに、それは何よりと返し、

「貴殿、虎退治の平九郎と、すっかり、評判を取りましたな。江戸中で、椿平九郎、虎退治の話題で持ち切りでしたぞ」

興味深そうに渡辺は目を凝らした。

適当に相槌を打ち、

「ところで、本日参りましたのは、当家を離れた秋月慶五郎という者を探し出すこと、お手助けを願いたいのです」

平九郎の頼みに、渡辺は小さくうなずいてから返した。

「奥祐筆上野法賢さま殺害の疑いがかかっておりますので、南町でも行方を追っております」

「その……上野さまの殺害についてですが」

ここまで平九郎が言うと、渡辺は手で膝を打って返した。

「おお、そうでありましたな。椿さまと矢代さまは、上野さまが殺害される直前まで、花膳で同席しておられたのですな」

「そうです」

「何を話しておられたのかは、聞きませぬ。椿さまは上野さまの亡骸を確かめられたからおわかりでしょう。上野さまは咽喉を突かれておりました」

「それなのです。わたしは秋月慶五郎をよく知っております。秋月は闇討ちまがいの不意討ちを仕掛けるような男ではございませぬ。あの時、上野さまは脇差を帯びているに過ぎませんでした。そんな相手を不意打ちに仕留めるとは考えられぬのです」

力を込めて平九郎は言った。

「さようでございますか」

渡辺は腕を組んだ。

「秋月ならば、上野さまを斬るに際しては、堂々と名乗り、糾弾状《きゅうだんじょう》を掲げて刃傷《にんじょう》に及ぶと思います」

「ですがな、現場には秋月氏の印籠が落ちておりました。加えて同心どもの聞き込みで秋月氏らしい侍が花膳周辺をうろついていたのを見た者がおると報告しておりましたぞ」

あたかも、南町の探索を批難《ひなん》する気かと目が言っていた。

「南町の探索に手抜かりがあったとは申しません。秋月が花膳にいたのかもしれません。ですが、上野さまを殺害はしていないのでは、と、わたしは考えるのです」

平九郎は言った。

「すると、別に下手人がおることになりますが、その者も侍であろうということになりますな。上野さまは財布を抜き取られては、おりませぬゆえ、物盗り目的の仕業ではござりません。また、花膳で上野さまが厠に立ったのを見澄まして狙っているということは、通りすがりの凶行でもない。下手人は間違いなく上野さまを狙って殺したのです。秋月さまでなければ、横手藩の他の方ということも想像できますな」

渡辺の言う通りである。

もし、横手藩の者が下手人であったなら、藩は幕府から咎《とが》められる。

「上野さまが殺されたのは、喜多方藩と横手藩の評定に関わったこと、つまり、横手藩敗訴に動いたと、恨みに駆られたという見方が正しいとすれば、横手藩のどなたかの仕業と考えてしまいますぞ」

渡辺は念押しをした。

その言葉の裏には、秋月が下手人であれば、藩から籍を抜いているのだから、ぎりぎり横手藩の責任は追及されないぞ、という考えが控えている。

それが、秋月ではない、現在横手藩に籍のある者の仕業だとわかれば、災いは横手藩にも及ぶのである。

「上野さま殺害、少し、視野を広げてはくださいませぬか」

「というと、奥祐筆方にまで探索を及ぼすことになりますが、それは、町方には差配違いとなり、無理ですな」

　極めて冷静に渡辺は述べ立てた。

「一つ、お願いがあります」

　平九郎は申し出た。

　渡辺は黙って促す。

「秋月を捕縛したなら、知らせて欲しいのです」

「会って、話をしたいのですな」

「お願い致します」

「そうですな……」

　渡辺は考えた末、

「承知しました。内密にお知らせ致します」

　平九郎は礼を言い、渡辺の屋敷を出た。

八丁堀の組屋敷を抜けたところで、

「椿殿」

と、声をかけられた。

振り向くと、町人が立っている。醤油で煮しめたような手拭で頬被りをし、粗末な木綿の着物を身に着け、裾を捲り、帯に挟んでいる。上目遣いに平九郎を見るその顔は、

「ああ、藤間《とうま》殿か」

御庭役《おにわやく》藤間源四郎《げんしろう》であった。町人に身をやつし、探索中のようだ。

「椿殿の喜多方藩邸訪問の報告書を読みました。煮売り屋の主が人手不足と知りまして、この通り……」

藤間は両の着物袖を引っ張った。

煮売り屋の主人に近づき、手伝いながら喜多方藩邸内を探っているそうだ。藤間は器用だ。大工に扮して、探索先の武家屋敷に潜入したこともあった。その際には本職の大工も舌を巻くような鋸《のこぎり》使い、釘打ちを見せるそうだ。大工ばかりか左官、瓦職人、小間物造り、紺屋の仕事をこなす。板前として包丁を持つと鮟鱇《あんこう》の吊るし切りも披露する。近頃は鮨も握り、盛清に天麩羅の揚げ方を教えたのも藤間だという。

暇な時は小遣い稼ぎに大工仕事や板前をやっているという噂もあった。

「大殿がお呼びでござります」

藤間に言われ、

「大殿、評定所での敗訴、さぞや、お怒りでござりましょうな」

平九郎の問いかけに、

「まあ、それなりに」

藤間は言葉を濁した。


向島の下屋敷へとやって来た。

主殿の書院で盛清は平九郎を引見した。隅で藤間も控えた。

開口一番、

「抜かりおって、たわけめ！」

盛清は平九郎を面罵した。

覚悟していたとはいえ、胸にずしりと堪《こた》えた。

「申し訳ござりません」

声を励まし、平九郎は両手をついた。

「うまうまと白狐めにしてやられたのう」

「大貫殿はまこと運がよかったと思います」

「白狐は上野と組んでおったのじゃよ。そうに決まっておるではないか」

「それは、大殿の想像でござります」

「いかにも想像じゃが、そうに決まっておるわ」

盛清は決めつけた。

「大殿もお耳にされておられましょう。上野さまが斬られた一件でござります」

「聞いておる。秋月に疑いがかかっておるそうではないか」

盛清は渋面《じゅうめん》を作った。

「その通りなのです。目下、秋月の行方を追っております」

平九郎は南町奉行所に協力を求めたことを語った。

「ま、秋月のことはよいわ、探すことはないぞ」

盛清は右手をひらひらと振った。

「いや、秋月の疑いを晴らすためにも、秋月の口から話を聞かねばなりませぬ」

平九郎は敢《あ》えて盛清に逆らった。

「いや、探すことはない。おい、とんま」

盛清は藤間源四郎を呼んだ。「とんま」は藤間（とうま）から名付けたのだろう。言いたい放題の盛清らしい、あだ名の付け方である。

藤間は黙って立ち上がると、部屋を出た。そして、待つことしばし、一人の男を伴って戻って来た。

「秋月……」

平九郎は口を半開きにした。

秋月慶五郎は平九郎に一礼した。

「そなた、一体……」

平九郎が口をあんぐりとすると、

「申し訳ござりませぬ」

秋月は殊勝に頭を下げた。

「そんなことはよい。それよりも、事情を話してくれ。まさか、そなた、上野さまを斬ったのではあるまいな」

「斬っておりませぬ。ですが、斬る気で花膳に行きました」

思い詰めたような顔で秋月は打ち明けた。

「順序だてて話してくれ」

秋月は頭の中を整理するようにしばらく思案した後に語り始めた。

秋月は評定所で横手藩敗訴の報せを受け、大いなる衝撃を受けた。そのうち、評定敗訴の経緯を知り、敗訴の元凶は上野法賢だと知る。

そこで、藩主盛義から、あの日、花膳において、矢代と平九郎が上野に会うと聞き、斬ろうと思った。

「しかし、殿より、くれぐれも軽挙妄動を慎むよう釘を刺されました」

秋月は、斬る前に、事情を質《ただ》そうと思った。

「決して、斬ってはおりませぬ」

秋月は語調を強めた。

平九郎は話の先を促す。

「花膳の裏手で上野さまが出て来るのを待ちました。すると、一人の侍が花膳に入ってゆきました。拙者はいぶかしみつつも、裏手で待ち続けました。すると、程なくしまして、先程の侍が裏から出て来て、脱兎《だっと》の如く走り去ったのです。拙者、胸騒ぎを覚え、花膳に入りました。そうしましたら、縁側に上野さまらしき亡骸が横たわっておったのです」

秋月は驚いたものの、上野の身を案じて庭から縁側に上がり、確かめた。上野は既に事切れていた。

そこをお鶴に見られた。反射的に秋月は逃げてしまった。その時、印籠を落としてしまったのだそうだ。花膳を逃れると、気づけば吾妻橋《あづまばし》を渡っていた。

それで、思わず、盛清を頼り、下屋敷にやって来たのだった。

「その侍は当家の者ですか」

平九郎が尋ねると、

「いいや、見かけぬ侍でした」

秋月は言った。

すると、盛清が、

「喜多方藩、室田家中の者に違いないぞ」

と、根拠もないのに、自信満々に決めつけた。

「何故、喜多方藩が上野さまを殺すのですか。いわば、喜多方藩の役に立ってくれた恩人ではありませぬか」

平九郎が疑問を呈すると、

「喜多方藩にとって都合が悪くなったのだろう。上野は相当に無理な働きをしたのかもしれぬ。そのことで、上野は喜多方藩に恩を売り、法外な金子を要求したのであろうよ。それに、上野は矢代や椿と面談に及んでいた。それを危険とみなし、更には、おまえらに上野殺しを着せられるかもしれないと思ったのではないか。奥祐筆を手にかけたとあれば、大変な事態となるからな」

堂々と持論を語る盛清に異論は通じそうにない。

「喜多方藩、どこまで、当家を苦しめるのでしょうか」

平九郎は歯ぎしりをした。

「大貫の恨みが深いのだろうよ」

盛清は言った。

「拙者が軽はずみなことをしてしまったがために、御家に迷惑をかけてしまいました」

秋月はうなだれた。

「まったく、浅はかな男よな。知恵というものがあるのか。秋の名月には程遠い、夏の昼間の月じゃ。真夏の蒼天《そうてん》に浮かぶ月、場違いに間抜けな月じゃよ。この役立たずめが」

盛清は情け容赦なく罵声を浴びせた。

「この上は、切腹を！」

秋月は悲痛な面持ちで庭先を貸してくださいと懇願した。

「馬鹿、おまえが腹など切ったところで何にもならぬ。それよりも、上野を斬った者を捕まえろ。その者から上野との企《たくら》みを白状させるのだ」

盛清は命じた。

神妙な面持ちで秋月は平伏した。

「慶五郎、そなた、もう一度、上野さまを斬った者を見れば、特定できるのだな」

平九郎の問いかけに、

「わかります」

秋月は強く首肯《しゅこう》した。

「どうする。喜多方藩邸に詰める侍を面通《めんとお》しさせるか」

盛清は言った。

そんなことは不可能である。

「上野を斬った者は、相当な凄腕《すごうで》です」

平九郎が言うと、

「どうして、そのようなことがわかるのじゃ」

盛清は興味を示した。

「まず、上野さまは大変な剣客であられたようです。東軍流道場の師範代を任されていたそうですからな。特に小太刀の名人と称されておったとか」

「ほう、そうか。奥祐筆というから文弱《ぶんじゃく》の徒《と》かと思ったが……しかし、そんな使い手がやられたとは、酒のせいではないのか」

「上野さまは酒豪でもありました。確かにかなりのお酒を飲んではおられましたが、素面《しらふ》と変わらない様子でした」

「すると、キヨマサが申すように相手は相当の手練れということか」

ようやく納得したのか、盛清はうなずいた。

ここで、平九郎の脳裏に嵐の山中が蘇った。獰猛な熊を一撃で倒した飯塚兵部の姿も瞼に浮かぶ。

鏹無念流秘剣、熊の爪……。

上野は熊の爪で倒されたのではないか。

根拠はない。

しかし、上野程の使い手を一刺しで仕留めるような技、滅多にあるものではない。

すると、奉公人がやって来て、藤間に耳打ちをした。藤間は盛清に告げた。

「喜多方藩留守居役大貫左京殿が、大殿に面会を求めて参りました」

盛清はにんまりと笑い、

「会ってやろう。白狐も一応客人扱いしてやるか」

客間に通すよう命じた。

それから盛清は満面に笑みを広げ、懐中から一枚の書付を取り出した。

平九郎がいぶかしむと、

「気楽が届けてくれた」

三笑亭気楽こと、佐川権十郎が届けたのは、宝暦三年、津山藩松平家による贋藩札偽造犯捕縛の裁許書、すなわち、無断で天領に踏み込み、自分仕置をした一件である。

この一件の先例によって横手藩は敗訴したのだ。

平九郎は受け取り目を通した。

「西念が奥祐筆部屋から持って来て、気楽に渡したのだ。ま、そんなことはよいが、どうじゃ」

盛清は訊いてきた。

「悔しい限りの先例でござります」

大真面目に答えると、

「馬鹿、そんなことは訊いておらぬ。よく、見ろ。おまえの目は節穴《ふしあな》か」

口ぎたなく盛清に罵倒され、平九郎は目を皿にした。すると、罪人の源六の前に墨が付いている。何かの文字を塗りつぶしたようだ。

「透《す》かしてみろ」

盛清に言われ、平九郎は書付を頭上で透かす。

「これは……」

かろうじて塗りつぶされた文字を読み取ることができた。

「無宿《むしゅく》……無宿源六ですね」

声が大きくなる。

津山藩松平家が召し捕った源六は無宿人であったのだ。無宿人は他領に関係なく、また、幕府に届けることなく自分仕置ができるのだ。上野法賢は源六が無宿人であるのを隠し、先例としたのである。

「先例を疑え」

という上野の言葉の意味するところは、このことだったのだ。

第四章　逃亡者

一

向島の盛清の屋敷に、大貫左京がやって来た。主殿の客間で大貫は盛清に挨拶をした。

「白狐、達者なようじゃな。大内家を見返したと意気軒高《いきけんこう》でおるのか」

盛清らしい無遠慮な言葉を投げかけた。

「滅相《めっそう》もございませぬ。拙者、大内家の禄を食《は》んだのです。その恩を忘れるものではございませぬ」

大貫は慇懃《いんぎん》に返す。

「相も変わらぬ、言葉巧みよのう。それで、当家としてはどうすればよいのじゃ」

盛清は表情を引き締めた。

「盛義公のわが殿への謝罪をお願い申し上げます」

大貫は頭を下げた。

「謝罪とは……」

「当家に出向いて頂き、両手をついて誤って頂きたいのです」

大貫はさらりと言ってのけた。

「できぬな」

右手を掃い、にべもなく盛清は断った。

大貫は口元に笑みを浮かべた。

「椿、参れ」

盛清に呼ばれ、平九郎は客間に入る。大貫がちらっと視線を平九郎に向けてきた。

平九郎は懐中から一枚の書付を取り出す。

「大貫殿、これをご覧くだされ」

平九郎は書付を示した。

大貫は書付を手に取り、視線を落とした。

「これは、先だっての評定所にて提示された、先例の裁許文書ではないか」

不満顔で平九郎を見る。

「その通りです。ですが、問題なのは文中の一箇所です」

平九郎が言うと大貫はもう一度書付を見た。視線を落とし、じっくりと文章を読み直す。そして、

「ううっ」

と、呻き声を上げた。

次いで平九郎を見る。

「さよう、墨が塗られています。その塗られた文字は無宿ということです。つまり、先例とされた宝暦の一件は、正確に申しますと無宿人相手の捕縛であったということです。したがいまして、宝暦の一件は先例にはならず、無断で他藩の領地に押し入っても罪人を捕縛してよいことにならないのです。それを上野さまは知りながらも、先例として持ち出され、ために当家は敗訴となったのです。ですが、根拠が間違いとなれば、先だっての評定はやり直しということになります」

平九郎は言った。

「評定をやり直すだと……」

馬鹿なことを、と、大貫は小さく舌打ちをした。

「当家はその覚悟で臨みます」

平九郎は毅然《きぜん》と宣言した。

ここで盛清が、

「白狐、おまえ、口封じのために上野を殺したな」

と、ずけずけと決めつけた。

大貫は首を左右に振って言った。

「大殿、ご冗談が過ぎますぞ。拙者、上野さまを殺してなどおりませぬ。もし、そのようなことが発覚したのなら、当家は厳重なる処罰を受けます」

と、反論を加えた。

盛清は平九郎を見た。

「大貫殿、上野さまが殺された状況をご存じですか」

平九郎が問いかけると、

「わしが知っておるはずがあるまい」

大貫は言った。

「ならば、申します。上野さまは咽喉を突かれておりました」

平九郎は立ち上がって説明を加えた。

大貫も興味を示し、腰を上げた。

「上野さまは、はなはだ背が高《たこ》うございます」

「そうであったな。六尺近い偉丈夫であられた」

大貫もうなずく。

「上野さまは首を真っすぐに刺し貫かれておりました。相手は上野さまと同じくらいの背丈なのでしょうか。いや、同じくらいの背丈では首を刺した傷は下から上に向かうものです。それが、上野さまの刺した傷は真一文字でした」

ここまで平九郎が言うと、

「更なる長身の者の仕業であろう」

事もなげに大貫は言う。

「そんな、雲をつく巨人がおるのでしょうか」

「世の中は広い。虎と言葉を交《か》わせる者もおるのだぞ」

大貫は皮肉な笑いを放った。

「なるほど、世の中にはそんな巨人がおっても不思議はありません。しかし、少なくとも上野さまの周辺にはそのような者はおりませぬ」

平九郎は言った。

「だから、上野さま周辺に限定するのがおかしいではないか」

大貫は蔑みの笑みを浮かべた。

「そこなのです。上野さまは兵法にも長《た》けておられました。わけても、小太刀の名人と評判を取っておられたそうです」

「何が言いたい。はっきりと申せ」

大貫は苛立ちを示した。

「上野さまは、やすやすと刺殺されるようなお方ではなかったのです。厠に立たれ、脇差を帯びておられました。もし、未知なる者が襲ってきたのなら、得意の小太刀技で防がれたはず。ところが骸とその周辺には、争った形跡がなかったのです」

「ということは……」

「襲撃を企てたのは、警戒を要さない相手ではなかったのでしょうか」

「つまり、顔見知りということだな」

大貫は念押しをした。平九郎はうなずき、

「申しましたように上野さまの周辺に六尺を超える者はおりませぬ」

「大殿はわしをお疑いのようですが、わしはこの通りの中背《ちゆうぜい》だ。とても、上野さまの首を刺し貫くことなどできはせぬ。また、当家にも六尺を超える者は江戸詰めにはおらぬ」

「ですが、喜多方藩には恐るべき秘剣がありましょう。秘剣、熊の爪……」

声を太くし平九郎は言った。

「そのような秘剣があるとは新参者のわしも耳にしたことがある。椿は存じておるのか」

「国許におった頃、回国修行で喜多方城下に参りました。途中の山道で、一度見たことがあります」

それはすさまじい光景であった。

雨の中、山中に迷い込んだ平九郎は熊に遭遇した。熊は凶暴であった。村人二人を襲い、二人をすさまじい腕力で殴り殺したのだ。

平九郎は覚悟を決め、熊と対峙《たいじ》した。

そこへ数人の喜多方藩郡方の役人がやって来た。役人は熊の前に進んだ。熊は立ち上がった。

すかさず一人の役人が迅速《じんそく》に熊の懐に飛び込んだ。あっと言う間の出来事だった。雨脚が強くなったため、その男が熊に対し何をやったのかわからなかった。瞬きする間もなく、男は熊を倒したのだ。

かろうじて熊の急所を何らかの刃物で突いたのだろうと見当がついた。

「わたしは、その凄まじい技に茫然となり、そのお方に尋ねたのです。そのお方とは、当時は郡方組頭、飯塚兵部殿です。飯塚殿は喜多方藩伝来の秘剣ゆえ、詳細は語れないと申され、熊の爪という技の名前だけを教えてくださったのです」

「上野さまの殺害には秘剣、熊の爪が用いられたと申すのだな」

大貫は言った。

「わたしはそう考えます。ちなみに、飯塚兵部殿、今も国許におられますか」

平九郎の問いかけに、

「江戸詰めである。殿の御側用人を務め、藩邸内の道場師範である」

大貫は答えた。

つまり、藩主室田備前守の側近ということだ。喜多方藩室田家中はひときわ武芸を奨励している。国許の城内、江戸藩邸内に構えられた道場の師範には、三年に一度国許、江戸藩邸、各々で開催される藩主御前試合での優勝者が就任する。

そのことに平九郎が思案を巡らせていると、

「飯塚は昨年国許で行われた殿の御前試合に第一等と成り、江戸道場の師範を任された。同時に御側用人に抜擢されたのだ」

大貫が飯塚について語った。

「これで、決まりじゃな」

盛清は断じた。

「しかし、秘剣熊の爪が使われたと疑われるだけです。実際に使われたのかどうかもわかりませぬし、飯塚殿を疑うのはいかにも根拠が薄いと存じます」

大貫は反論した。

「飯塚殿を訪ねてよろしいですな。秋月を連れて参ります」

平九郎は申し出た。

「秋月じゃと……。秋月は、町方に追われておろう。まさか、匿《かくま》っておるのか」

横目で大貫は盛清を見つつ言った。

「上野さま殺しの濡れ衣《ぬれぎぬ》を着せられておるにすぎませぬ。それは、先程、上野さま殺しについて語ったことでおわかり頂けたと存じます。真の下手人が飯塚殿かどうかはともかく、少なくとも秋月の仕業ではありませぬ。背丈の問題だけではなく、大貫殿もご存じでしょう。秋月が決して卑怯な真似をする男ではないということを……くどいですが、上野さまは不意をつかれたのです。秋月は闇討ちめいた殺しは致しませぬ」

平九郎は語調を強めた。

「確かに秋月は武骨《ぶこつ》、融通《ゆうづう》の利かぬ男であったな」

大貫も秋月の人柄までは否定できないようだ。

「いかにもその通りです。そんな秋月が脇差しか帯びていない上野さまを襲うとは思えませぬ」

くどいと思いつつ平九郎は秋月のために強い口調で繰り返した。

「そなたは、申したではないか。上野さまは小太刀の名人であると、秋月もそのことを存じておったのではないのか」

「秋月は上野さまを文弱の徒と呼んでおりました」

「だからと申して、上野さまの兵法者ぶりを知らなかったことにはならぬ」

「では、仮に秋月が上野さまの腕を知ったとしても、先程申しました背丈の問題、上野さまが警戒をしていた形跡がない点を照らし合わせれば、下手人とは思えませぬ」

明快に平九郎は推論を述べ立てた。

大貫が反論しようとするのを、

「だから、申したであろう。下手人は飯塚何某《なにがし》で決まりじゃ」

再び盛清が決めつけた。

「大殿……」

大貫は困り顔である。

「面通しをお願いします」

再び平九郎は願い出た。

「それは」

さすがの大貫も躊躇《ためら》いを示した。

「おまえ、まこと、喜多方藩で藩主備前守殿や家中の者どもから信頼されておるのか」

盛清らしいずけずけとした問いかけをした。

二

「これは、大殿らしいきつい物言いでござりますな」

大貫は苦笑いを漏らした。

「上野の企みを知っておったのか」

盛清は問いかけた。

大貫は黙り込んだ。

「その面《つら》を見れば、知らなかったようじゃな」

盛清は薄笑いを浮かべた。

「今回のこと、飯塚殿はどの程度関わっておるのですか」

平九郎が問を重ねる。

「それは……」

大貫の目が動揺に揺れた。

「相当な度合いで関係しておるようですな」

平九郎の念押しに大貫は唇を嚙んだ。

「飯塚殿は備前守さまの御側用人で江戸道場の師範、家中きっての実力者なのではありませぬか」

「まあ、それなりにな」

大貫の言葉は曇りがちだ。

盛清が、

「飯塚を呼べ、何、横手藩大内家の隠居が秘剣熊の爪を見たいと強く希望したとでも申せ。秘剣ゆえ見せられぬというのなら……」

「親善試合はどうでしょう」

　大貫は盛清に言った。

「できぬな。当家は腕の立つ者と申せば、キヨマサと秋月くらいじゃ。喜多方藩室田家選りすぐりの剣客どもと手合わせをしては、こてんぱんにやられる。そうなれば、当家の体面は地に堕ちるな。口さがない者どもから、喜多方藩に領内を荒らされて当然だと評判されるわ」

　盛清は自嘲気味な笑みを浮かべた。

　気まずい雰囲気のまま大貫は腰を上げた。

　大貫がいなくなってから、

「大殿、どうやら飯塚兵部が企《くわだ》ての中心のようですな」

　平九郎の考えに、

「熊退治の飯塚と虎退治の椿、これは見物《みもの》じゃのう」

　盛清は両手をこすり合わせた。

「大殿らしいですな。しかし、まだ、飯塚と決まったわけではないでしょう。確かでないことを大貫殿に申されてよかったのですか。これで、大貫殿と飯塚は警戒を強めるのではないでしょうか」

平九郎の見立てを否定すると思いきや盛清は平然と、

「そうかもしれぬな」

と、認めた。

平九郎が目をむくと、

「じゃがな、わしは、大貫と飯塚は意思疎通ができておらぬと思うぞ」

「それはいかなるわけですか」

「キヨマサ、おまえはまこと鈍いのう。書付を読んだ時、大貫の顔つきが変わっただろう。大貫も上野に騙されておったのは明白ではないか」

「そういう風にも見えましたが、芝居かもしれませぬ」

「芝居ではないな。目元が微妙に引き攣《つ》っておったぞ。役者でもない限り、そんな芸の細かい芝居なんぞ、できるものか」

落ち着いて考えれば、それは何ら根拠を示すものではないのだが、盛清の口から聞くと説得力がある。

「これで面白くなるぞ。大貫左京は誇り高き男じゃ。自分に任されていたはずの、当家との訴訟、頭越しに飯塚何某が上野と組んで差配しておったと知れば、飯塚との間で必ず確執を起こす。大貫が黙っておるとは思えぬわい」

例によって自信たっぷりに盛清は自論を述べ立てた。

そこへ、佐川権十郎がやって来た。今日も派手な小紋の小袖を着流し、紫色の帯に大小を落とし差しにしている。

佐川は、

「いやあ、平さんの見立て、うまい所を見たものだったぜ」

平九郎を見るなり言った。

次いで、平九郎と盛清に、

「上野は喜多方藩邸を頻繁に訪れておったようだ」

と、報告した。

佐川は上野が師範代を務めていた町道場に探りを入れた。奥祐筆の役目が多忙になるまで、上野は芝にある東軍流浜口有閑道場の師範代を務めていた。東軍流は実戦重視、戦国の気風を残す流派で、泰平の今時は流行らない、時代遅れとも揶揄《やゆ》されている。

それだけに、質実剛健《しつじつごうけん》にして他流派を圧倒しようと、他流試合も辞さないそうだ。

そんな道場を訪れたのが、飯塚兵部であった。芝の藩邸にも近く、飯塚は江戸勤番となり、江戸の町道場で腕試しを求めていたのだとか。

「上野は飯塚と意気投合し、やがて、喜多方藩邸の道場にも通うようになったそうだぜ。文武両道に長《た》けた上野は、飯塚という古武士然《こぶしぜん》とした男に好感を抱いたそうだ」

佐川の報告は上野と飯塚の関係を裏付けるものだった。

「では、上野が殺された日、飯塚は花膳に来ることを知っておったのですね」

「そういうことだろう」

「それで、上野も飯塚ということで、すっかり油断してしまった、ということですか」

平九郎の考えを、

「違いねえぜ」

佐川は肯定した。

「ならば、上野殺しは十中八、九、飯塚兵部と考えてよし、としまして、殺したわけですね。単なる口封じでしょうか。かりにも上野と飯塚は剣を通じて肝胆相照《かんたんあいて》らす仲であったはずです」

平九郎が疑念を口に出すと、

「御家のためなんじゃないかかい。つまりだ、上野は喜多方藩勝訴のために、根拠となる先例をねじ曲げた。それが漏れては、都合が悪いってことだ」

　佐川が答えたところで、

「あるいは、上野は喜多方藩に法外な金子《きんす》を要求したのかもしれぬな」

　盛清が持論を差し挟んだ。

「おっと、そいつも考えられるな」

　佐川も手を打ち鳴らした。

「上野は金に困っていたのでしょうか」

　平九郎は疑念をぶつけた。

「そいつは、調べてみないとわからねえが……」

「奥祐筆といえば、金に不自由のない役得があるのではないでしょうか。接待や賄賂が入るのは公然の秘密でございます。しかも、上野はできる奥祐筆として有名でした。ですから、金に不自由はしていなかったと思うのですが。それに、今回の一件、喜多方藩は上野に相当な金子を用意したものと思われます。喜多方藩とても、上野が要求する金子の支払いには応じるのではないでしょうか。それに、上野との繋がりが強くなれば、喜多方藩にとっても大いなる利が得られるのです」

　平九郎が異を唱えると、

「女じゃよ」

盛清は得意の決めつけにかかった。

平九郎と佐川が黙ったのをいいことに、盛清は興《きょう》に乗って持論を展開した。

「女というものはな、いくらでも金がかかるものじゃ。吉原の太夫《たゆう》は大名道具と言われるように、身請けしようと思ったら、千両くらいはかかって当たり前だ」

「上野は吉原の太夫を身請けしたのですか」

盛清の考えに平九郎が疑問を投げかけると、

「知らん」

ぬけぬけと盛清は言った。

佐川が、

「まあ、そういうことも考えられるということだ」

「わしは、まず、間違いないと思うぞ」

根拠のない、あてずっぽな考えに盛清は自信を示す。

「喜多方藩が支払う想定の金を上回る金子を上野は要求したということでしょうか」

盛清の顔を立てつつ平九郎が言うと、

「間違いなかろう」

盛清は自信満々に肯定した。

次いで、

「ともかく、今後は大貫と飯塚の仲がどうなるかじゃ」

と、盛清は言い添えた。

「喜多方藩、大貫から上野が示した先例の欺瞞《ぎまん》を知れば、慌てるでしょう」

平九郎の見通しに、

「だから、面白くなると申したであろうが」

盛清は言った。

「よし、もうひと調べしてみるか」

佐川も興味津々《しんしん》となっている。

「どんな風に調べるのですか」

「上野の同僚から話を聞くさ」

佐川がうけおうと、

「キヨマサ」

と、盛清は平九郎を見た。

平九郎は財布から金子を渡した。

「すまぬな」

佐川は飄々《ひょうひょう》と受け取る。

盛清が表情を引き締めて言った。

「これから、評定のやり直しを訴えなければならぬが、問題は斉木越前じゃ」

老中が障害となるのを盛清は指摘した。

「そうだ、斉木さまだ。今回の一件、斉木さまが喜多方藩の後ろに控えておるのかもしれんぜ」

佐川もうなずく。

「斉木さま、とんだ狸のようでござりますな」

平九郎は斉木から受けた屈辱を思い出した。

「斉木さまは、確かに一筋縄《ひとすじなわ》ではいかぬと評判のお方だ。一見して昼行燈《ひるあんどん》、仕事不熱心で居眠りばかりをしているというお方だがな、その実、様々な有力大名とは繋がりを持ち、しかも、かなりの財宝を蓄えておると専《もっぱ》らの噂だ。表沙汰《おもてざた》にはなっていないが、斉木さまの国許石見《いわみ》藩が抜け荷を行っているってのは公然の秘密だ。現職の老中が抜け荷とは、世も末だよ」

斉木は実は曲者《くせもの》だとは平九郎も思い知らされたところである。

「斉木が喜多方藩に肩入れするとなると、今回の企て、もっと、大きな狙いがあるような気がしてならぬな」

　盛清は言った。

「どんなことでしょう」

　平九郎が問いかけると、

「そうじゃな」

　盛清は想像力を逞しくすべく舌なめずりをした。

が、すぐには思い浮かばないようで、

「偶《たま》には自分で考えろ」

　盛清は声を大きくした。

　平九郎は思案を巡らすうちに喜多方藩領内で見た漆器の見事さを思い出した。

「喜多方藩は藩を上げて漆器を造作しております。喜多方塗と呼ばれ、それは見事な漆器でござります」

　平九郎の話を受け、

「喜多方漆器は長崎の貿易会所を通じて阿蘭陀や清国にも持っていかれるそうだ」

　佐川が言った。

「斉木さまは喜多方漆器を抜け荷品として見込んだのかもしれませぬ。佐川さま、斉木さまの抜け荷はどのようなものなのでしょう」

「あくまで噂だがな、石見沖合の何処かの島に抜け荷の拠点があるそうだ。大坂の廻《かい》船《せん》問屋に一切を任せ、遥かルソンやスマトラにまで行き、交易をしているってよ」

「それは驚きですね。清国や阿蘭陀には御公儀の貿易会所から喜多方漆器が売られる、その好評ぶりを見て、ご自分の交易相手ルソンやスマトラに売ろうという魂胆《こんたん》なのでしょう」

平九郎の考えに、

「昼行燈め、やるのう」

おかしそうに盛清は笑った。

三

大貫左京は喜多方藩邸に戻ると、道場を訪れた。道場では飯塚兵部以下、喜多方藩でも選りすぐりの手練《てだ》れが門人となっている。

みな、紺の道着で木刀を素振りしていた。通常の木刀ではない。太く、長い、当然のこととして非常に重い。

飯塚は大貫に気づくと無言で道場の外に出た。

「大貫殿もいかがかな。汗を流すと気分が爽快となりますぞ」

飯塚は言った。

頬骨の張った武骨な面差《おもざ》し、道着の上からも筋骨隆々《きんこつりゅうりゅう》とした頑強《がんきょう》な身体だとわかる。

「いや、遠慮しておきます。それがしなんぞは、道場の秩序を乱すだけですからな」

大貫は遠慮した。

「無理には勧めぬが……して、何か御用かな」

飯塚に問われ、

「評定所の吟味の際、奥祐筆の上野さまの持ち出した先例であるが、あれは欺瞞であった」

大貫は言った。

「欺瞞とは……」

飯塚は目をしばたたいた。

「あの先例の文書、墨で無宿人の箇所を塗り潰してあったのだ。津山藩は領内で藩札を偽造した源六なる者を美作国の天領で捕縛し処罰したが、源六は津山藩領に住んではいたものの無宿人であった。無宿人ならば無断で捕らえても問題にはならない。上野はそれを承知で無宿の二文字を墨で塗り今回の一件の先例として評定所に提出したのだ」

「上野から先例ありと聞かされたのは大貫殿であろう。上野の言葉をうのみにしたとは手抜かりだな」

飯塚の指摘はもっともだ。悔しさをぐっとこらえ、

「ならば、問う。貴殿、上野さまを殺《あや》めたのか」

大貫は飯塚を睨みつけた。

「まさか」

飯塚は一笑《いっしょう》に付した。

「関与しておらぬのですな」

「拙者、上野さまとは剣を通じて親交を深めておりましたぞ。いわば、剣友でござる。武士たる者、剣友を裏切るようなことは致さぬ」

毅然と飯塚は言い放った。

大貫が黙っていると、

「第一、上野さまを斬ったのは横手藩の秋月という者と聞きましたぞ」

不満そうに飯塚は言った。

「確かにそのような話を耳にはした。じゃが、殺された状況からして、秋月ではあり得ぬようです」

大貫の反論を受け、

「ほほう、大貫殿は何処でそのような疑問を耳にされた。そういえば、貴殿、横手藩の下屋敷に行かれたのですな」

飯塚は逆に問い返してきた。

「横手藩の謝罪要求の打ち合わせに参った。横手藩は未だ、御隠居の盛清公が実権を持っておられるからな」

「なるほど、そういうことですか」

飯塚はにやっとした。

「勘繰《かんぐ》りはやめよ」

大貫はむっとした。

「勘繰りでしょうかな。大貫殿は横手藩には知己《ちき》は多く、それだけに親しみもござろう」

「確かに、横手藩に籍を置いておりましたゆえ、知己は多うございます。それでも、今は室田家の禄を食む者でござる。決して、室田家を裏切るものではござらぬ。事実、今回の評定におきましても、喜多方藩室田家勝訴のため、微力ながら働きました」

ぶぜんとして、大貫は返した。

「確かに大貫殿は留守居役として存分な働きをなさった。留守居役組合で、ともすれば他領内に無断で踏み込んだ当家の否を言い立て、横手藩に肩入れする空気を、当家が踏み込んだのもやむなし、という流れに替えてくださった。さすがは、腕利きの留守居役と、殿もわしも感服致した。ですが、その働きを鑑《かんが》みても横手藩内の者と誼を通じるのは裏切り行為でありますぞ。貴殿は否定されたが、その言葉、武士に二言《にごん》はなしですな」

飯塚は釘を刺すように言った。

大貫は強く首肯してから言った。

「では、お尋ね申す。貴殿、上野さまを殺めてはおりませぬな」

正面から大貫は言った。

「むろんのことだ」

眉一つ動かさず、飯塚は答えた。

「承知、致した。無礼の段、平《ひら》にご容赦くだされ」

一礼し、大貫は踵《きびす》を返そうとした。

それを飯塚は引き留めて言った。

「大貫殿、貴殿はよき働きをなさった。当家がお迎えをして本当によかったとわしも思う。今後も当家にとって役立つよう動かれよ。さすれば、重役に加えてもらえましょう」

「それがし、召し抱えられたからには、室田備前守さまに忠節を尽くします。では、お聞かせくだされ。今回のこと……横手藩領に無断で踏み込み、評定所での吟味に持ち込んだ狙いは何処にあるのですかな」

大貫は目をこらし問いただした。

「狙いとは……これは、異なことを申される。狙いも何も、当家は、横手藩の理不尽な訴えに対して受けて立ったに過ぎぬ」

「そうでありましょうか」

大貫が疑念を呈すると、

「むろん、これを機に横手藩の体面を大いに傷つけるという目的もあった。これで、当分は我が藩の国持格への高直しに弾みがつこう。加えて、当家の武名は高まったのそうなれば、当家の体面は地に塗れるのです」

「だが、その評定は上野さまの欺瞞《まみ》が明らかとなれば、評定所の裁許は覆《くつがえ》りますぞ。

胸を張り、飯塚は言った。

だ」

大貫の指摘に、

「そんなことにはならぬ。一度、決した評定所の裁許は覆らぬ」

「いかにもその通りでありますが、今回は、それは通じませぬ」

「大丈夫でござる」

「何を根拠にそう申されるのか」

「貴殿は知らなくてもよい」

飯塚は小馬鹿にしたような冷笑を放った。

「今回の一件、それがしが任されたのだ」

大貫は食ってかかった。

「御家のために動くは当然のこと。御家のためとは御家により利をもたらすことなのですぞ」

「それがしは利をもたらさぬと申すか。新参者扱いか」

大貫は声を震わせた。

「そう思われるのも無理からぬことではないのか。貴殿は、中々、当家になじもうとしない」

「そんなことはない」

「いや、なじもうとせぬ。現に道場での稽古を誘っても断ったではないか」

「それは、剣術稽古だからだ」

「剣は当家の誇りだ」

飯塚は目を凝らした。

「ならば……」

「いかがした」

「手合わせ願おうか」

大貫は言った。

「よし、面白いではないか」

飯塚はにんまりとした。

大貫は飯塚と道場で対峙した。

紺の道着に身を包み。木刀を持って飯塚と対する。慣れない太くて長く、重い木刀は久しく剣の稽古をしていなかった身には辛い。それでも、今更、引けない。

大貫は木刀を手に正眼《せいがん》に構えた。

対して、飯塚は下段に構え、大貫を踏み込ませるが如くだ。

大貫を挑発するが如く胴を晒《さら》している。

そこを撃ち込まなければ臆病者のそしりを受けるぞとでも言いたいようなあからさまな挑発だ。

大貫は額から汗を滲ませ、飯塚に対した。

「いかがした。臆《おく》したか」

飯塚は蔑みの言葉を投げかける。

大貫は、

「でやあ！」

甲走った気合いと共に胴を抜きに出た。それを飯塚は難なく交わし、大貫の籠手《こて》を打った。激痛が腕から全身に走り、たまらず大貫は木刀を落とした。

「ふん、埒もない」

飯塚は蔑みの言葉を投げる。

大貫は無言で木刀を拾い上げ、

「まだまだ」

と、闘志をみなぎらせた。

「そうか、では、こちらも遠慮なく」

飯塚は迅速《じんそく》に間合いを詰め突きを放った。

木刀の切っ先が喉笛を直撃し、大貫は息が詰まった。吹っ飛ばされ、板敷に仰向けに倒れる。

「口ほどにもござらぬな」

勝ち誇ったように飯塚は仁王立《におうだ》ちをした。

大貫は腹ばいとなって、ゆっくりと腰を上げる。

「こんなものであるか」

息を切らしながら大貫は問いかけた。

「何だと」

飯塚の目が尖《とが》った。

「聞こえぬか。こんなものかと問うたのだ」

大貫は睨み返した。

「何がこんなものかじゃ」

飯塚の形相は一変した。門人たちもざわめいた。大貫は咽喉を押さえながら立ち上がると門人たちを見回した。

「喜多方藩の秘剣熊の爪とは、こんなものかと問うておるのだ」

大貫は声を高くして問いかけた。

「おい、みなの者、こ奴は何を申しているのだろうな」

飯塚は門人を見回した。

門人から冷笑と不快の笑いが上がる。笑いの中に大貫を蔑む言葉が聞こえる。蔑みには大貫への怨念《おんねん》が感じられた。新参者、いきなり高禄で召し抱えられたという嫉妬に起因するのは明らかだ。その上、留守居役は何処の大名家でも評判が悪い。御家の金を使い、高級料理屋で飲食することへの不満が抱かれているのだ。

大貫左京はよりにもよって、喜多方藩室田家と因縁浅からぬ横手藩大内家を辞してやって来た新参者、家中でよく思っている者は少なかろう。

しかし、家中の嫌悪《けんお》の目を覚悟で出仕したのだ。負けてはならない。

「こんなものかと、がっかりしたのだ」

門人たちの悪意に満ちた目を跳ね返すように、大貫は声を大きくした。

「何を」

飯塚は剣呑な表情を色濃くした。

「秘剣、熊の爪とは恐るべき突き技だと聞いておったが、剣の稽古を怠っておったそれがしでもこのように立っておられるのでな、ふと、そんな疑念を抱いた次第なのだ」

大貫はあっけらかんとした物言いで言葉を重ねる。

「おのれ、愚弄《ぐろう》するか」

門人の間から怒声が上がった。

「愚弄ではない。本心を申したまで」

ぬけぬけとした態度で大貫は返す。

「師範殿、この者にわたしが熊の爪を」

若い男が進み出た。

「控えよ、市村《いちむら》。そなたに、熊の爪を授けておらぬ」

甲走った声で飯塚は言った。

「ですが、この新参者にわが喜多方藩の剣を愚弄されては我慢がなりませぬ」

市村は口を尖らせた。

飯塚は大貫を見て言った。

「どうしても見たいか」

「うむ」

大貫は挑むような目で返した。

四

その頃、横手藩御庭方頭取、藤間源四郎は喜多方藩邸に潜入していた。藩邸内で営業をしている煮売り屋の主人に近づき、店番を交代している。

喜多方藩の者たちの何人かとは懇意となり、

「へへ、半分ですが、ロハでよろしいですよ」

などと、木の椀半分の濁《にご》り酒を無償で提供した。藩士には好評で、煮豆を肴《さかな》に御機嫌となる者が後を絶たない。酒で舌が滑《なめ》らかとなる。

「喜多方さまは、景気がよろしゅうございますな」

藤間はにこやかに語りかける。

「そうよ。当家はな、国持格に高直しになるのだ」

藩士が胸を張る。

「それは、それはまことおめでたい限りでござります」

藤間は話を合わせた。それに伴《ともな》い、藩士たちも身分に応じて祝儀《しゅうぎ》が配られるという。藩士たちが浮かれるのももっともだ。

「新しく召し抱えられた御留守居役さま、大変に切れ者だと聞きましたが」

藤間は大貫に話題を向けた。

「ああ、あの御仁は切れ者と評判じゃが、今回のお手柄は、用人飯塚兵部さまだな」

飯塚の名前が出ると、称賛の声が上がった。

「おまえも、飯塚殿の覚えをめでたくしておいた方がいいぞ」

と勧められ、飯塚の所在を確かめた。飯塚は裏手にある道場で稽古中だとか。藤間は大八車《だいはちぐるま》に酒入りの瓶《かめ》と煮豆を積んで、引っ張っていった。

道場に着くと、何人かの門人が庭で素振りをしている。藤間はにこやかに近づく。

「煮売り屋でございます」

門人たちは厳しい顔で、

「稽古中じゃ。酒なんぞ、飲んでおれぬ」

「それはご苦労さまでございます。ですが、息抜きにいかがでしょうか。もう間もなく、日が暮れることですし」

藤間は夕空を見上げた。

大八車に積んだ瓶を藤間は下ろした。稽古で汗を流した者には強い誘惑に違いない。

すると、

「おのれ、わが流派を愚弄するか」

と、武者窓から不穏な声が聞こえた。

「道場破りでございますか」

藤間が問うと、

「あれか。文弱《ぶんじゃく》の徒《と》を鍛えておるのよ」

男はにんまりとし、武者窓に向かって歩いていった。藤間もついてゆき、格子《こうし》の隙間から覗いた。

大貫左京が板敷に這いつくばっている。文弱の徒とは大貫のことだったのだ。

「まこと、秘剣、熊の爪を見せよ」

大貫は立ち上がった。

「どうあっても見たいか」

飯塚は冷めた口調で問い直す。

「見せよ」

大貫は挑むように言う。

「よし、冥途《めいど》の土産にとくと見るがよい」

飯塚は木刀を板敷に放り投げた。次いで、両手を広げる。


藤間は大貫の危機を知った。

このままでは大貫は殺されるだろう。横手藩を去った者、横手藩を窮地に追い込んだ男であるが、同じ禄を食んだ者、見過ごすわけにはいかない。それに、大貫は師範の飯塚兵部や門人たちといさかいを起こしたようだ。どのような事情なのかも気になる、
飯塚が動き出そうとするや、

「酒《す》と煮豆、いかがですか」

素っ頓狂《とんきょう》な声を道場の中に語り込んだ。

飯塚の動きが止まった。

張り詰められた緊張の糸がぷつりと切れる。

飯塚は凄い形相で武者窓を睨んだ。藤間は頭を掻きながら、

「お酒と煮豆、いかがでございますか」

明るい声で声をかけた。

「な、なにを」

飯塚は怒りを爆発させようとしたところで、五つ半の鉦《かね》が鳴った。

「さあ、今日はお近づきの印に一杯目は無償で、提供申し上げますよ」

藤間は言うと、門人たちの目尻が下がった。飯塚も張っていた気が抜けたように小さくため息を吐いた。

「よかろう。酒を飲もうか」

と、言った。

藤間が礼を言って中に入ろうとしたが、

「道場内で酒は厳禁じゃ。外で飲むぞ」

飯塚は門人を引き攣れて表に出て来た。

「無礼講《ぶれいこう》とまいろう」

飯塚は門人たちと車座《くるまざ》になって、酒を飲み始めた。

「この豆、酒に合うな」

門人から声がかかる。豆だけ食べたのでは、辛くて仕方がないのだが、濁り酒と一緒だと、酒を勧める絶妙の味となる。

みな、酒を二杯、三杯と呑み進めた。すると、道場から大貫が出て来た。藤間は椀に濁り酒を注いで近づく。

「どうぞ、一杯、無償でございますぞ」

藤間は頬被り越しに大貫を見上げた。

大貫は藤間に気づき、一瞬だが言葉をつぐんだ。しかし、すぐに、

「おお、すまぬな」

と、受け取る。

「半時後、藩邸裏の稲荷《いなり》におります」

藤間はささやいた。

大貫は黙って酒を飲んだ。

半時後、藤間が稲荷で待っていると大貫がやって来た。

「藤間、うまいこと喜多方藩邸に入り込んだではないか。だが、わしがおまえを売るとは思わなかったのか」

大貫は言った。

「考えなくはありませんでしたが、そこは賭けですな」

藤間はにっこりとした。

「わしから、喜多方藩内の雑説《ぞうせつ》を得ようという魂胆であろうが、そうはいかぬぞ」

大貫はけん制に出た。

「ですが、大貫さま、どうも、喜多方藩中では必ずしもよい立場にはないようですな」

「道場での稽古を見たのか」

「あれは、稽古ではありませぬな。いじめですよ」

藤間の言葉に大貫は拳《こぶし》を握り締めた。

「ふん、まあ、そう見られるのも当然だな」

大貫は自嘲気味な笑いを浮かべた。

「大貫さま、お手助け願えませぬか。今回の一件、大貫さまもうまい具合に利用されたのでござりましょう。そのうち、御家から追い出されるのではござりませぬか」

藤間の言葉に、

「そうかもしれぬな」

冷《さ》めた表情で大貫は言った。

「それをわかっていながら、いかがされますか」

藤間は詰め寄る。

「横手藩を裏切り、今また喜多方藩を裏切るわけにはいかぬ。いや、そもそも、わしは大内家の公金などに手をつけてはおらぬ」

きっぱりと大貫は言った。

「その言葉に偽りはありますまいな」

藤間は念を押す。

「武士に二言《にごん》はない」

強い口調で大貫は答えた。

「横手藩が、このように追い詰められたこと、どういうわけでしょう」

改めて藤間は尋ねる。

「わしは、わしを追い出した横手藩への意趣返《いしゅがえ》しのつもりで、横手藩の体面を失墜《しっつい》させる働きをした。それは、喜多方藩と横手藩との長年に亘《わた》る確執でもあった。喜多方藩の横手藩憎しの怨念は、国持格として横手藩の上に立つという野望にも適《かな》った」

「つまり、大貫さまはあくまで横手藩の体面失墜のために動いたのですな」

「いかにもじゃ」

「ところが、喜多方藩の飯塚兵部の思惑《おもわく》はそれとは異なるのではないのですか」

藤間は目を凝らした。

「どうも、そのようであるな」

「それは、どのような思惑なのでしょう」

「さて……」

「御老中斉木越前守さまが関わっておられるのではありませぬか」

「斉木さまな……その可能性は高いな」

大貫は腕を組んだ。

「探ってくださいませぬか」

「それは……」

「探ってくだされば、大貫さまの公金横領の一件、洗い直しましょう」

藤間は請け負った。

「しかし、今更、蒸し返したとて、どうしようもないことだ」

「ですが、気が晴れましょう。誇りを取り戻せましょう」

藤間の言葉に大貫の表情が引き締まる。

「お願い致します。このままでは、当家は対面を潰されるばかりか、減封の憂《う》き目に遭うかもしれませぬ」

藤間は言葉を重ねる。

大貫は躊躇う風であったが、

「やってみよう」

と、受け入れた。

「ありがとうございます。大殿は、斉木さまが抜け荷と関わっているのではないかとお考えです」

「斉木さまが抜け荷とな……」

「御公儀の間では公然の秘密のように噂されているそうです。石見沖合の何処かの島に拠点を設け、大坂《おおさか》の廻船問屋にスマトラやルソンにまで行かせて抜け荷を行っておるとか。その抜け荷品に喜多方藩名産の漆器を扱おうと企てているのでは、と大殿は推量しておられます」

「大殿らしい、根拠なき勝手極まる想像ではないのか」

「仮りに大殿の妄想であったとしても、調べてはくださりませぬか」

「承知した。抜け荷に加担とは……それも御老中と繋がっておるとは……」

大貫は拳を震わせた。

藤間は一礼して去っていった。

五

明くる日の朝、平九郎と矢代は、盛清を交え、下屋敷の主殿で藤間の報告を受けた。

「白狐、案外と阻害されておるのじゃな」

盛清はふむふむとうなずいた。

「ともかく、大貫さまは今回の一件、探索をしてくださいます。但し、それには大貫さまの公金横領の濡れ衣を晴らす必要があります」

藤間は言った。

「白狐、当家の金に手をつけておらぬと申すか……」

盛清は矢代を見た。

「それは鵜呑《うの》みにはできませせぬ」

矢代は答えた。

「じゃが、白狐が今更、嘘をついたところで仕方があるまい。一応、洗い直してやってはどうだ」

盛清に言われ矢代は承知しました、と請け負った。

「わたしがやってみます」

平九郎は進んで引き受けた。

すると、

「大殿、大変でござります」

家臣が血相を変えてやって来た。

「なんじゃ、騒々《そうぞう》しい」

盛清は顔をしかめた。

家臣は、

「南町奉行所の与力、渡辺小平太殿が捕方をひき連れてやって来られました。秋月殿を引き渡して欲しいとのことです」

家臣は書状を差し出した。

そこには、老中斉木越前守の署名と共に、秋月捕縛を南町奉行所に許すものであった。大名藩邸には町奉行所は立ち入れないため、老中が特別に認可を与えたのだ。

「これはまた、南町に勘づかれるとはな」

盛清は舌打ちをした。

「引き渡しに応じたら、秋月は上野殺しで処断されてしまいます」

平九郎は言った。

「それはそうだ。あっさりと、引き渡すのも口惜《くちお》しいのう」

盛清は顔を歪めた。

「秋月は下手人《げしゅにん》ではありませぬ。わたしが、話を致します」

平九郎は立ち上がった。

矢代は危ぶんだが盛清が、

「よし、キヨマサ、しっかりやれ」

と、許した。

平九郎は表門の潜り戸から外に出た。捕物装束《しょうぞく》に身を包んだ渡辺が待っていた。

十人ばかりの捕方を率いている。

「椿さま、秋月殿をお引き渡しくだされ」

渡辺は申し出た。

「その前に、お話を致しましょう」

と、渡辺を屋敷の中に入れた。


屋敷内の客間で平九郎は渡辺と向かい合った。

「秋月殿をお引き渡しください」

再度渡辺は頼んだ。

「それはできませぬ」

平九郎はきっぱりと断った。

「な、なんと」

予想外の答えだったようで渡辺は口を半開きにした。

「お聞かせください。どうして、秋月がここにおることがわかったのですか」

「それは、南町の探索によってです」

「果たしてそうでしょうか」

平九郎は首を捻った。

「な、何をお疑いなさる」

「御老中斉木越前守さまから、教えられたのではござりませぬか」

平九郎の追及に、

「いや」

渡辺は口をあんぐりとさせた。

「やはり、そうでしたか」

「それはともかく、秋月殿をお引き渡し願いたい」

渡辺は強い調子で言った。

「できませぬ。秋月は上野さま殺しの下手人ではありません」

平九郎は断りを重ねた。

「しかし、秋月殿は花膳を逃亡したのです。それは紛《まぎ》れもない事実ですぞ。あだやおろそかにはできませぬ。それに、藩の籍を抜いた者を匿《かくま》うとあっては、災いは大内家中にも及びますぞ」

渡辺は言った。

「しかし、濡れ衣で秋月を引き渡すなど、それこそ士道に反します」

平九郎が反論すると、

「御老中の命《めい》に逆らうのですか。それでは、大内家は御公儀への謀反《むほん》を企てておると勘ぐられますぞ」

「しかし、濡れ衣を着せられた者を引き渡すわけにはいきませぬ」

「ならば、力ずくで引き渡してもらうことになります」

渡辺は両の目を吊り上げた。

「それは……」

「捕方を増やすばかりではございませぬ。場合によっては御公儀に助勢を求めます。そうなれば、大事《おおごと》となりますぞ。御家は無事ではすみませぬ。一人の脱藩した家臣のために御家を廃絶に追い込まれますか」

渡辺の目は険しくなり、決断を迫った。

平九郎の額に汗が滲む。

「椿さま、引き渡してくだされ」

渡辺は声を大きくした。

平九郎は歯を食いしばって答えた。

「秋月は複数の侍に襲撃をされ、当藩邸に助けを求めたのです」

と、言った。

渡辺は首を傾《かし》げた。

「武士道として、助けを求められた武士を匿うのは定法《じょうほう》でござる。相手武士とのいさかいに落着《らくちゃく》を見るまで、当家から引き渡すわけにはいきませぬ」

胸を張って平九郎は言った。

「それは」

渡辺も武士道の定法を持ち出されては困っている。

「とにかく、本日のところはお引き取り願えまいか」

平九郎は一礼した。

渡辺は思案するように口を閉ざした。

「渡辺殿、必ず、真の下手人を挙げてみせます」

力強く平九郎は申し出た。

「そこまでおっしゃいますか。断じて、秋月殿の仕業ではないと、主張なさるのですな」

渡辺は小さくため息を吐いた。

「そういうことです」

平九郎は努《つと》めて冷静に返した。

「しかし、拙者もこのままではすまされませぬ。本日は、引き揚げたとしましても、御老中の耳にも達した一件の下手人を見逃したとあっては、与力を辞さねばなりませぬ」

　困ったように渡辺はため息を吐いた。

「渡辺殿には迷惑がからぬように致します。わたしの首では不足でしょうが、必ず、真の下手人を挙げます」

　平九郎は両手をついた。

「そこまで申されるのなら、拙者も武士です。その言葉、信じましょう」

　渡辺は腹を括《くく》った。

「かたじけない」

　平九郎は頭を下げた。


　渡辺が帰ったことを盛清に報告した。

　すると、

「大殿」

　と、秋月が入って来た。

　頬がこけ、すっかりやつれている。

「まあ、座れ」

盛清に促され、秋月は正座をした。

「大殿、町方が拙者を引き渡せと申してきたとか」

切迫した様子で秋月は言った。自分の軽挙妄動《けいきょもうどう》が御家を危機に陥れたと、責任を痛感しているようだ。

「そんなところじゃ……」

盛清は平九郎を見た。

平九郎は渡辺とのやり取りを話してから毅然《きぜん》と言い添えた。

「秋月殿を町方に引き渡すようなことは絶対に致しませぬ」

「椿殿、それでは、御家に迷惑がかかります。拙者、南町に出頭致します」

悲壮な顔つきで秋月は訴えた。

平九郎がそんな必要はないと言いながら膝を進めると盛清が割り込んだ。

「おまえ、上野を殺しておらんのだろう」

ぎろりとした目を向ける。

「はい！」

秋月は強く首を縦に振った。

「ならば、出頭することはない」

「それでは、御家に迷惑が」

「迷惑なら、とっくにかけておるではないか」

盛清はからからと笑った。

平九郎が、

「下手人は喜多方藩の用人、飯塚兵部に違いない」

「だから、おまえはじっとしておれ。これから、喜多方藩に一泡《ひとあわ》も二泡《ふたあわ》も吹かせてやらねばならん。喜多方藩の悪事を暴《あば》き立てた暁《あかつき》には、おまえの濡れ衣も晴れる。それまでは、大船に乗ったつもりで、ここにおればよい。万事、キヨマサに任せてけばよいのじゃ。のう、キヨマサ」

盛清に言われ、

「お任せくだされ」

と、平九郎は返事をするしかない。

それでも、

「まこと、よろしいのですか。椿殿にばかり面倒をかけておるようで……」

秋月はいたたまれないようだ。

「秋月、遠慮するな。キヨマサはな、面倒事が好きなのじゃ。迷惑をかけられるのは、男の甲斐性《かいしょう》だと思っておる」

盛清の勝手極まる平九郎評に内心で舌打ちしながらも、秋月を安心させるため平九郎は笑顔を取り繕《つくろ》った。

秋月が落ち着いたのを見て平九郎は決意を語った。

「ともかく、敵は老中と組んで当家を潰しにかかってきた。もう、後へは引けない。老中と喜多方藩が何を企んでいるのか。それが明らかになれば、一気に反撃する」

「その意気じゃ。それでこそ、虎退治のキヨマサじゃ」

盛清も目を輝かせた。

「拙者にも手伝わせてください」

秋月は言った。

断ることはできなさそうだ。

「いや、大殿も申しておるではないか。秋月殿は、下屋敷でじっとしておった方がよい」

「そうじゃぞ」

盛清も言う。

「でも、やはり、拙者も何かせずにはおれませぬ」

秋月は強く言い立てた。

「その時がきたなら……」

「その時とは」

秋月は食い下がる。

「喜多方藩の飯塚と対決する時でござる。この決着は、剣を交えてのものとなりましょう。飯塚は喜多方藩の秘剣、熊の爪を身に着けております。飯塚門下の者たちも手練れ揃いでございましょう。対して、当家で腕に覚えのある者は……」

ここまで語り、大内家を批難する言葉を平九郎は発しなかった。

ところが、

「そうそう、当家にはな、剣術自慢がおらぬ。キヨマサとおまえくらいじゃ。だから、いざという時は、おまえは万全の体勢で飯塚たちと対決せねばならぬのじゃ」

盛清はずけずけと言った。

「わかりました。わたしも、喜多方藩伝来の秘剣熊の爪は聞いたことがあります。恐るべき剣のようですな。わたしが濡れ衣を着せられた上野さま殺しに使われたとは、益々闘志をかき立てられます」

秋月は意気込んだ。

「その日に備え、しっかりと研鑽《けんさん》を積め」

盛清は命じた。

第五章　必殺剣朧月《おぼろづき》

一

喜多方藩上屋敷の奥書院で大貫左京は、藩主室田備前守正直と対面した。

でっぷりと肥え太った正直は、絹の小袖に袖なし羽織を重ね、艶々《つやつや》とした顔で大貫を引見《いんけん》した。

「大貫、内密の話とは何じゃ」

正直はふくよかな身体同様の太い声で尋ねてきた。

「奥祐筆上野法賢さまに欺かれました」

大貫は上野によって先例の裁許文書が偽造されていたことを語った。

「ふん、そのことか」

正直は鼻で笑った。

「御存じであったのですか」

大貫は目を吊り上げた。

「だったら、どうした」

開き直るように正直は返した。

「このままではすみませぬ。横手藩が再び評定所に訴え出たなら、当家は窮地に立たされます」

正直に危機意識を抱かせようと、大貫は深刻な顔をして見せた。

「訴えはせぬ」

動ずることなく正直は返した。

「甘く見ておられてはなりませぬ。大内家は必ず訴えます。訴えられれば当家に勝ち目はありませぬ」

首を左右に振り、大貫は言い立てたが、

「大内家は訴えはせぬ」

もう一度正直は繰り返した。

「御老中斉木越前守さまが訴えを却下なさる、とお考えなのですか。しかし、いくら御老中といえど、評定所への訴えを拒絶はできませぬぞ」

「そんなこと、その方《ほう》に言われずともわかっておるわ」

不機嫌に正直は顔を歪めた。

「ならば、どういうことですか」

大貫は疑念に目を凝らした。

「わしがな、横手藩邸に出向き盛義殿に詫びるからじゃ」

意外なことを事もなげに正直は言った。

「ま、まことですか」

正直の真意を図りかね、大貫は問い返した。

「大貫、訪問の日時を大内家中と調えよ」

正直は命じた。

「承知しました」

大貫は平伏した。

「わしの訪問と謝罪受け入れ、よかろう殿では決められまい。相国殿と話を詰めよ」

盛清をあだ名の平相国入道清盛で正直は呼んだ。大貫が命令を受け入れたところで正直は続けた。

「これで、両家の関係修復となるはずじゃ」

「まこと、殿のご英断には感服致しますが、家中の者は得心するでしょうか」

飯塚兵部の顔を念頭に置いて大貫は言った。正直も、

「兵部らのことを危ぶんでおるのじゃな」

「いかにも」

大貫はうなずく。

「なに、兵部とてわしの意には従う」

自信満々に返したところで廊下を足音が近づき、

「兵部、参りました」

襖越しに飯塚の声が聞こえた。

「入れ」

威厳を込め、正直は太い声で返す。

仏頂面で飯塚は入って来た。大貫を見ても挨拶の言葉一つかけようとしない。正直が大貫を促した。大貫は飯塚に向かって言った。

「殿は横手藩大内家へ詫びを入れられること、ご決断なさりました」

飯塚は目をむき正直を見た。

「殿、それでは当家の面目は丸潰れではござりませぬか」

正直に代わって大貫が答えた。

「飯塚殿、殿は苦渋のご決断をなさったのです。と申しますのは……」

大貫は上野法賢による、先例裁許文書の改ざんを語った。正直は大きくあくびを漏らして言った。

「まこと、抜かっておったものよ。上野にうまうまと乗せられたのじゃ。上野の口封じをしたまではよかったが、先例文書が再び調べられては、いかんともしがたい」

正直の言葉に大貫はおやっとなり、飯塚に問いかけた。

「上野を殺したのは飯塚殿、責任を感じられよ」

「むろん、責任は感じておる。じゃがな、上野から先例裁許文書があると持ちかけられ、これで評定所での吟味《ぎんみ》に勝てると申したのは、大貫殿であったはず」

飯塚も大貫の責任を追及する構えを取った。

大貫は唇を嚙んだ。

「ふん、貴殿が上野から偽の文書を掴まされたのがそもそもの源《みなもと》じゃ」

飯塚は責め立てた。

「そもそもということならば、横手藩領に無断で捕方を踏み込ませたことではないか。

それを殿に進言したのは、飯塚殿であろう」

泥仕合のような展開となったが、大貫は引けないとばかりに強い口調で言い立てた。

飯塚の顔が朱に染まった。

ここで正直が、

「そのくらいにしておけ」

と、強い口調で仲裁した。

飯塚は不満そうに口を閉ざす。大貫も黙り込んだ。

「横手藩領に踏み込んだのは、罪人どもを捕縛するのに、緊急を要したためじゃ」

正直は言った。

「藩札の偽造は確かに大きな罪です。ですが、今更となりますが、残念なことでありました」

大貫は唇を噛んだ。

「飯塚、教えてやれ」

正直に言われ飯塚は大貫に向いた。

「大貫殿、あれは藩札偽造の者どもではなかったのだ」

「では……」

大貫は口をあんぐりとさせた。

「抜け荷品の造作に携わった者どもでござる。その奴らを生かしておいたなら、抜け荷が発覚してしまう。当家ばかりか、御老中斉木越前守さまにもご迷惑がかかる」

飯塚は述べ立てた。

「斉木さまが抜け荷を行っておられるという噂はまことであったのか。石見沖合の島を拠点に、大坂の廻船問屋にスマトラやルソンとまで交易をさせておられるとか。当家の抜け荷品とは、喜多方漆器でござるか」

大貫の問いかけに、

「その通りじゃ。喜多方漆器を欲する者は、ルソン、スマトラをはじめ、シャム、天竺《てんじく》にも多い。エゲレスの商人も興味を持ち、近年中には西洋へも届けられるぞ」

飯塚は頬を紅潮させた。武芸一筋の武骨な男の口から、喜多方漆器の話を聞くとは意外だ。

「よいか、そうなればじゃ、莫大《ばくだい》な富が転がり込む。年に十万両は得られような。さすれば、たっぷりと台所は潤い、国持格への高直し、わが領内は表高十万石なれど、今でも実質二十万石じゃ。抜け荷による莫大な資金が得られれば、さらに荒れ地は開墾《かいこん》され、治水《ちすい》も進み、三十万石にもなるのじゃ」

正直も野望で顔を輝かせた。

「まさしく、殿の慧眼《けいがん》でございます」

飯塚が追従笑いをした。

しかし、大貫は正直の野望に危うさを感じた。

「抜け荷が発覚すれば、全てが水泡《すいほう》に帰します」

大貫の危惧を、

「発覚などせぬ。斉木さまが抜け荷の拠点としておられる島が何処なのか、公儀も摑むのは至難《しなん》じゃ。それにな、斉木さまは来年にも老中首座に就《つ》かれる」

飯塚は反論した。

続いて正直が、

「斉木殿は上さまの信頼が厚い。上さまのお暮しを非常に富んだものとしておられるからな」

将軍徳川家斉の暮らしぶりは豪奢《ごうしゃ》を極めている。その暮らしを維持するには、当然のこと、幕府財政が豊かでなくてはならない。斉木は勝手掛《かってがかり》老中、つまり、現在の財務大臣の役にあり、貨幣改鋳《かへいかいちゅう》を実施して、それによって得られる出目《でめ》で幕府の公庫を豊かにした。出目とは小判に含まれる金の両を減らし、改鋳前の小判を回収して鋳潰《いつぶ》して余分な金を得る利益である。

　これにより、斉木は家斉の信頼を得たのだった。そんな斉木の罪を暴《あば》く勇気を持つ者はいない。

「抜け荷発覚はともかく、喜多方漆器でござります。喜多方漆器はまこと見事な工芸品でござります。修練を積んだ職人が丹精《たんせい》を込めた仕事によって造作されるもの。それだけに、大量に作るのは無理でござりましょう。抜け荷品として外国に売れれば売れる程、製品の造作は間に合わなくなります」

　大貫は次の危惧を示した。

　すると正直はにんまりとし、飯塚に目配せをする。

　飯塚は廊下に出て、

「漆を持て」

　と、呼ばわった。

　程なくして、奉公人が膳に喜多方漆器を乗せて持って来た。

　正直は椀を取り、しげしげと見やった。

「美しいのう、ほれぼれするわ」

　飯塚も、

「西洋の者どもも魅了《みりょう》されることでござりましょう」

飯塚は賛辞をおしまない。

すると、正直は脇差を抜き、椀を切り裂いた。

二

啞然とした大貫に正直は笑い声を上げて言った。

「見よ」

正直が差し出した椀を大貫は受け取った。断面を眺める。

「手抜き品じゃ」

正直が言うと、

「材料の木材も、染料も重ね塗りの手間も、惜しんでおる」

飯塚が言い添えた。

「では、この手抜き品を抜け荷に使うのですか」

大貫が問うと、

「そういうことじゃ。異国の者の目に、正規の喜多方漆器なのか手抜き品なのかの区別などできるはずはない」

　正直は高笑いをした。

「すると、横手藩領に逃亡した者どもは……」

　大貫は飯塚を見た。

「手抜き品を作ることを拒み、抜け荷を公儀に訴えようとした者どもじゃ」

　飯塚は馬鹿な奴らだと言い添えた。

「それでよろしいのか」

　大貫は憤りを言葉に込めた。

「なんじゃ、不満か」

　正直は薄笑いを浮かべた。

「それで、喜多方藩室田家の体面は保てるのでしょうか。御家の誇りは失わないのでしょうか」

　大貫の言葉に、

「青臭いことを申すな」

　飯塚は吐き捨てた。

　大貫が両目を吊り上げると、

「殿の方針であるぞ。それに従うのが忠義というものじゃ」

勝ち誇ったように飯塚は言い添えた。

大貫は反論の言葉を上げることはできなかった。

「よってじゃ、当家は最早《もはや》横手藩、大内家を気遣うこともない。いつまでも、本家面《づら》などさせておけるか」

正直はどす黒く顔を歪ませた。

「ですが、くれぐれも横手藩邸訪問の際には、礼を尽くされませ」

大貫の進言に、

「わかっておるわ、じゃが、そうじゃな。下屋敷に参る。横手藩の下屋敷は庭園が美しいと評判であるからな。わしは、それが楽しみじゃ。相国殿は下屋敷にお住まいしておられるのじゃろう」

正直の望みを受け、飯塚が続けた。

「下屋敷の方が都合がよいですな。上屋敷の場合、形式、儀礼などがやかましい。それと、いかがでしょう。座興《ざきょう》としまして、剣術の試合を行っては」

「そうよな、それは、面白いな」

正直はうなずく。

「しかし、大内家は受け入れましょうか」

大貫が危惧を示すと、

「いかにも、大内家中は武を怠る文弱の家柄であるな」

飯塚は嘲笑した。

「しかし、それだけに、わしが座興じゃと断って申し入れたなら、相国殿も応じざるをえまい。わしは謝罪するのじゃ。わしの顔を立てることも考えるだろう」

「大内家の者ども、こてんぱんにやってやりますぞ。武名では負けぬ、と」

飯塚は意気込んだ。

「その意気じゃ。面白いな」

正直は両手をこすり合わせた。

「大貫殿、ならば、相国さまへ話をつけてくだされ」

飯塚は言った。

「承知した」

憤然たる思いを胸に押し包み、大貫は書院を出た。

大貫は御殿裏手に軒《のき》を連ねる出入り商人たちの店にやって来た。藤間が行っている煮売り屋に顔を出した。

「いらっしゃいまし」

煮売り屋になりきった藤間に挨拶を受け、縁台に腰かけた。何人かの藩士が煮豆を肴に濁り酒を飲んでいる。安酒にくだを巻く姿は隙だらけである。

とはいっても、密談を交《か》わせば、注意を惹《ひ》くだろう。木の椀に濁り酒を注ぎ、藤間は大貫の脇に置いた。

「話せるか」

外に出られるかと大貫は誘ったが、客がいるため外では話せないと藤間は首を左右に振った。藤間は侍たちの椀に酒を注いで回った。

「どうぞ、どうぞ、ご遠慮なさらないで」

陽気に声をかけながら酒を勧めた。みな、勧めに応じ酒を飲む。程なくして、侍たちは舟を漕ぎはじめ、やがて鼾《いびき》をかき始めた。眠り薬を混入させたようだ。

大貫が、

「備前守さま、横手藩邸の下屋敷へ詫びに出向かれる」

「ほう、それは意外な……」

藤間は首を捻った。

「なに、備前守さまはその際、飯塚らを伴い、大内家に剣術の試合を挑むそうだ」

「つまり、武名では負けないということですな」

「そのようだ。それと、調べてもらいたいのだがな」

大貫は手抜き喜多方漆器について語った。

「抜け荷品とするとなると、大量の漆器が必要だ。江戸藩邸でも造作をしておるのではないか」

「ああ、それならわかりますよ。喜多方からやって来た職人や農民が上屋敷と中屋敷、下屋敷に分けられて住まわされております。江戸の者を雇って造作させると、手抜きの実態が漏れるからでしょうな」

藤間の考えにうなずき、

「ならば、頼むぞ」

大貫は探索を依頼した。

大貫が不在となった書院で、

「大貫、そろそろ始末致しますか」

飯塚が言った。

「今度の横手藩邸訪問がよき時であるな」

正直もだぶついた顎の肉を揺らし、賛同した。

「殿、下屋敷訪問では、いよいよ、念願の大内家潰しが達成されますぞ」

飯塚はほくそ笑んだ。

「太閤《たいこう》の小田原攻めより、遺恨《いこん》を抱えた両家の決着をつけてやる。手はずは十分に整えておろうな」

正直の顔は陰険な黒ずみを帯びた。

「手抜かりはございませぬ。最初は大貫の当家への召し抱えでござりましたな」

「それも、おまえが、大貫の醜聞《しゆうぶん》を工作した成果というものだ。大貫が御家の公金に手をつけておるという噂を大内家中にばら撒いた」

「大貫は大内家中で敵が多うございましたから、大貫の醜聞は手ぐすね引いて迎えられました。大貫を嫌う次席家老前園新左衛門の指示で勘定方が出入り商人と結託《けったく》し、あたかも売掛《うりかけ》の支払いを延ばしているように見せかけたのです。才気を鼻にかけ、人望なきゆえに墓穴《ぼけつ》を掘ったのです」

飯塚は容赦《ようしゃ》なく大貫をくさした。

「当家としては、大広間詰の他家に対し、評判を高めるに、留守居としれる大貫の手腕は欲しいところであった。禄を倍増してやったが、一年、二年で使い捨てる。安いものじゃ」

「殿もお人が悪い」

飯塚が言うと、正直は呵々大笑《かかたいしょう》した。

「それにしても、算段違いは上野でござりました」

苦々《にがにが》しそうに飯塚は顔を歪めた。

「まったくじゃ、とんでもない油断なき男であったのじゃ」

正直も上野をののしった。

「あ奴は、先例の裁許文書を偽造し、その法外な礼金と、抜け荷で得た一割を要求しおりました。そればかりか、鏺無念流秘剣熊の爪を身につけさせよと強く要求しました。許せないことです」

「上野を殺したのはよいが、都合よく下手人になると思った大内家中の者、未だ捕まっておらぬ」

「ひょっとしたら、藩邸に匿われておるかもしれませぬ。その場合は、始末をつけねばなりません」

飯塚は言った。

「そうじゃな。災いは芽のうちに摘んでおけ。さて、相国殿、久しく会っておらぬが、相変わらずであろう。毒舌で移り気が激しい」

「大内家の手抜かりは武芸不熱心であったことです」

「よし、わしも久しぶりに剣の稽古をするか」

目を輝かせ、正直は意気軒高となった。

「ご無理をなさってはいけませぬ」

「わかっておるわ」

正直は腰を上げた。


藤間は煮売り屋に入って来た農民たちに濁り酒を振舞った。

「みなさん、喜多方からおいでになったのですか」

気さくに声をかけると農民たちはそうだと返事をした。

「御家のお手伝い、御苦労さまです。遠い江戸まで、ほんと、大変でございますな」

「んだども」

農民たちは手当を弾《はず》んでくれると喜んでいた。

「漆器を造っていらっしゃるんですか」

藤間が聞く。

そうだと、みな答えた。

すると、農民の仲間がやって来た。血相を変えている。何でも、仲間が一人寝込んだのだとか。一人でもかけると、割り当てられた数が間に合わないと、困り顔になった。

「わたしでよかったら」

藤間は申し出た。

驚く農民たちに、

「わたしは、飾り職人もやっておりましたから」

と、藤間は言った。

三

如月の晦日《みそか》、平九郎は家老の矢代と次席家老の前園と共に下屋敷にあった。大貫が喜多方藩主、室田備前守正直の使者としてやって来たと耳にし、協議に立ち会ったのだ。

広間で盛清は大貫を引見した。

大貫は室田正直が謝罪に訪れる旨《むね》、申し入れた。

「うむ、ようわかった」

盛清は言った。

次いで、

「つきましては、評定所への訴えの儀は、ご容赦頂きたくお願い申し上げます」

殊勝《しゅしょう》に大貫は頼んだ。

「そうじゃな。それが落としどころかもしれぬな。いつまでもぐずぐずと評定所を煩わせることもあるまい。とは申せ、謝罪を受け入れたとしても、こちらが丸め込まれたという印象を世間に与えてしまうのではいか」

盛清は渋った。

「しかし、おおせの如く、今また評定所で決着をつけるとなりますと、御公儀を煩わせることになりますぞ」

大貫は語調を強めた。

盛清が平九郎を見る。

「キヨマサ、そなたはどう思うのじゃ」

「わたしは、評定の場におきまして決着をつけたいと思いますが、備前守さまの来訪、謝罪があれば……」

「うむ、矢代はどうじゃ」

続いて、盛清は矢代に問いかけた。

「椿の考えにしかるべきと存じます」

いつも通り、矢代は無表情で答えた。

すると前園が、

「拙者、それはないと存じます」

と、言上した。

「どうした。反対か。評定所に訴えよと申すか」

盛清は顎をしゃくった。

前園は怖い顔で言い立てた。

「評定の場で白黒はっきりとした決着をつけるべきと存じます。備前守さまの謝罪、評定所への訴えの前でしたら、受け入れることもできましたが、奥祐筆上野法賢さまの不正が明らかとなり、当家の勝訴が明白となったこの期《ご》に及んでの謝罪とあれば、筋が通りませぬ」

盛清は困ったように顔をしかめた。

「大貫、喜多方藩邸に立ち戻り、備前守さまに謝罪は無用、評定所にて決着をつけるべし、と申せ」

詰め寄らんばかりの勢いで前園は言った。

大貫は盛清を見る。

盛清が口を開く前に矢代が、

「前園殿、そう、強硬にならんでもよいではないか。備前守さまは謝罪に来てくださるのじゃ。その好意を無にすることはない。評定所に再び訴えかけては、たとえ、当家が勝っても、室田家とは修復できない関係となる。それでは、遺恨を後の世にまで伝えるだけじゃ。太閤の小田原攻め以来、当家と室田家の確執を正直公の来訪によって、雪解けに向かわせるのだ」

と、淡々と述べ立てた。

「のっぺらぼう、よいことを申すではないか」

盛清が言い添える。

「しかし……」

納得できないと、前園は唇を嚙んだ。

「よろしいですな」

大貫が念押しをした。

前園は口を閉ざしたままだ。

「では、訪問の日時は改めてお報せ致します」

大貫は腰を上げようとした。

それを、

「お待ちください」

平九郎が引き留めた。

大貫は浮かした腰を落ち着ける。

盛清がおやっとした顔で、

「どうした、キヨマサ」

「わたしは、先ほど申したように備前守さまが当家を訪問なさることに反対ではござりませぬが、一つ条件がござります」

平九郎は大貫に向かった。

「備前守さまのお供に飯塚兵部殿もいらしてくだされ」

平九郎の頼みを、

「むろん、飯塚殿は殿の側用人ゆえに供奉《ぐぶ》致す」

当然ではないかと、大貫は答えた。

「それであれば、結構です。もう一つ、お願い致します」

平九郎が言うと盛清は顔をしかめた。

構わず平九郎は続けた。

「わが藩の秋月は上野さま殺害の下手人を目撃しております。秋月に飯塚殿を面通しさせ、上野さま殺しの下手人であると判明したなら、飯塚殿はすみやかに南町奉行所に出頭して頂きたい」

平九郎は大貫に迫った。

「な、なにを」

大貫は口ごもった。

「おお、そうじゃ。椿の申す通りじゃぞ」

前園が強い口調で言い立てた。

「ま、待たれよ。今回はあくまで備前守さまの謝罪でござる」

すかさず、大貫が異を唱える。

「それは、おかしいぞ」

前園が目を見開く。

平九郎も続けた。

「謝罪とは横手藩領への無断立ち入りに対する謝罪でございます。今回の騒動が大きくなりましたのは、評定所での裁許にあります。その裁許に深く関わった奥祐筆上野法賢さまを殺害した下手人を、不明のまま放置はできませぬ」

「その通りじゃ」

前園は言い添える。

大貫は渋面《じゅうめん》となり、盛清に向いた。

盛清は、

「まずは、まこと飯塚が上野殺害の下手人なのかどうかを確かめるのが肝要ではないか」

すると前園は目を吊り上げ、

「大殿、それで、飯塚殿が下手人だとわかったなら、飯塚殿を南町へ引き渡すのですな」

これには大貫が反論に出た。

「ちょっと、待たれよ。そんなことをしたなら、せっかく、室田、大内、両家の和解が反故《ほご》になりかねませぬぞ。仮に、秋月が飯塚殿を上野さま殺害の下手人だと断定したとしても、それだけで飯塚殿を南町に引き渡すのはいかがですかな」

大貫から視線を向けられた盛清が、

「諭《さと》すに留《とど》めるのがよかろうな。つまりじゃ、秋月に面通しさせて、飯塚が上野を殺したとわかったのなら、飯塚にそのことを問い詰め、あとは飯塚の判断に任せるのじゃ。武士であるのなら、己が犯した罪を無視して、おめおめと生きながらえるなど、せぬはずじゃ」

「まさしく、大殿が申される通りである。大体、秋月は思い込みが激しいところがあるからな」

大貫は秋月への不快感を示した。

たちまち、前園がそれに食《く》らいつく。

「これは、大貫よ。そなた、秋月に恨みがあるゆえ、そのようなことを申しておるのであろう」

と、嘲笑《あざわら》った。

「申しておきますが、それがし、御家の公金に手をつけてなどおりませぬぞ」

「まだ、それを申すか。実に女々《めめ》しき男よな」

前園は蔑みの笑みを浮かべた。

「前園殿、それがしを愚弄《ぐろう》されるか」

大貫のこめかみに青筋が浮き上がった。

「やめんか、今は和解へ向けての話し合いであるぞ」

盛清は顔をしかめた。

「失礼致しました」

大貫は慇懃《いんぎん》に頭を下げた。

前園はまだ不満顔のまま、

「矢代殿、このような重大な場に何故殿がおられぬ」

今度は批難の矛先《ほこさき》を矢代に向けた。

矢代は無表情のまま返した。

「備前守さまが下屋敷にご来訪を希望なさるのは、穏便《おんびん》なる和解を願ってのことである。和解を儀礼、形式に沿ったものにはしたくないのは本音。儀礼に沿って行えば、室田家の体面にも関わる。それを避け、和解の実質を行いたいのが備前守さまの本音だ。一方、当家にとっても、形式ばった和解の席ではないとした方が都合がよい。それには、藩主たる盛義公ではなく、隠居なさった盛清公を前面に押し立てた方がよいのだ」

「のっぺらぼうの申す通りじゃぞ」

盛清も同意した。

「理屈はわかるが、わしはどうも賛同できぬな」

前園は意地を張った。

「前園殿、ともかくもまずは両家の和解に向け、事を進めようではござらぬか」

大貫は表情を落ち着かせて言った。

「そうじゃ、白狐の申す通りじゃ」

盛清は和解に向け前向きの姿勢を見せた。

「殿のお気持ちを確かめてからと思いますが」

前園の進言を、

「その必要はない」

盛清はぴしゃりと否定した。いい加減、苛立《いらだ》ってきたようだ。

「しかし……」

前園は目をむく。

「よかろうの一言しかあるまいて」

盛清は言った。

「しかし」

前園は唇を嚙んだ。

四

大貫が帰っていった。

平九郎は大貫を追いかけた。下屋敷の表門を出たあたりで追いつき引き留めた。

「このたびは、御苦労さまでござる」

まずは、平九郎は大貫の労をねぎらった。大貫はうなずき返し、

「ともかく、備前守さまの訪問、つつがなく終えねばならぬ。そなた、しかと目配りを頼むぞ」

「むろん、そのつもりです。ところで、大貫殿、秋月殿と何か因縁めいたことがあるようでしたが」

「秋月は一本気な男、それゆえ、いい面はあったとしてもそれがしには迷惑であった」

「御家を出るきっかけとなった、公金横領に関わっておるのですか」

平九郎は問いかけた。

「あいつは、それがしが公金に手をつけたと思い込んだ。それがしが出入り商人への掛《かけ》を己《おの》が懐《ふところ》に入れたと思い込んだのだ」

悔しさを滲ませ、大貫は言った。

「秋月の思い込みとおっしゃりたいのですね」

平九郎は確かめた。

「秋月、盛義公への忠義心にかけては賞賛すべき者だが、それがよい面に出ればよいのだが、悪い面に出るのは……用心せねばならぬな」

大貫の心配を受け、

「承知しました。ですが、秋月も当日は事の重大さはよくわかっておると思います」

平九郎は言った。

「それにつき、一つ、危惧すべき点がある」

大貫は続けた。

平九郎は身構える。

「訪問時、備前守さまは座興と称して剣術の試合を提案する」

「当家に鐚無念流の使い手と渡り合える者は……」

「そなたと秋月くらいであろう。秋月が剣術試合に出るとなれば、何やら不穏な空気が漂うかもしれぬ」

「なるほど、備前守さまの狙いは詫びを入れておいて、武芸で当家を圧倒する、ということですな」

平九郎の考えに大貫はうなずいて、それではと去っていった。


前園は下屋敷の一室に秋月を訪ねた。その前園に、

「御家老、室田備前守さまが下屋敷に謝罪に参られるそうですな」

秋月の顔は喜びに溢れていた。

対して前園は渋い顔で、

「とんだ茶番《ちゃばん》だ」

と、吐き捨てるように言った。

「茶番……どうして、そのようなことを申されるのですか」

秋月は首を捻った。

「備前守さまはな、殿を無視して大殿と茶番を催すのだ。表立って正式な謝罪をして

は、室田家の面目に関わると、姑息《こそく》な考えでな。大殿も大殿じゃ。殿を無視して、備前守さまの謝罪を受け入れるとは……」

前園は唸った。

秋月は両目を大きく見開き、

「殿はこのこと、御承知ではないのですか」

「そうじゃ」

「なんと……それでは、殿の面目《めんぼく》は丸潰れではございませぬか。殿はお飾りではないのです」

「まあ、そういきり立つな」

前園は諫めた。

秋月は怒りで顔が真っ青になり、

「殿は聡明なお方なのです。家中の者どもは、『よかろうさま』などと揶揄《やゆ》しておりますが、それは殿が家中の争いを慮ってのことでござる。まことは、思慮深いお方なのです。家臣どもの合議の場にて、意見を聞いていないような素振《そぶ》りを示しておられますが、実はみなの発言に注意深く耳を傾け、それぞれに記憶もしておられるのです」

悔しそうに秋月は盛義を馬鹿にする家中に憤りを示した。

「そなたの申す通りじゃ」

前園は大きくうなずく。

「許せない」

秋月は声を振り絞った。

「殿へはわしからこたびの和解、きちんと話を致す。むろん、殿は両家のことを考えて賛同なさるだろう」

「しかし、殿をないがしろにするとは……」

秋月の不満は晴れそうにない。

「それと、そなたには前もって申し伝えるが、当日には備前守さまに供奉して飯塚兵部も来る」

「飯塚……」

「上野法賢さまを殺害し、そなたに濡れ衣を着せた者じゃ」

前園は言った。

「あ、いや、拙者に濡れ衣を着せるまでは……」

秋月が疑念を呈すると、

「結果として濡れ衣を着せたも同然じゃ」

　前園は顔をしかめた。

　秋月は黙り込む。

「それはよしとして、椿はおまえに飯塚の面通しをさせて、飯塚こそが、花膳から逃亡した侍、すなわち、上野さま殺しの下手人と判明したのなら、町奉行所に出頭するよう申し出るよう勧めると申した」

「申し出るとは、もし、飯塚が拒んだら、出頭させないということですか」

　秋月は不満そうだ。

「まったく、手ぬるいこと、この上なしじゃ。万事、臭いものには蓋《ふた》を、じゃ」

　前園も怒りを示した。

「そんな……無体な」

　秋月は悔し涙を浮かべた。

「わしもそなたと同じ気持ちじゃ。これでは、謝罪といっても形ばかりじゃ。これでは、和解が成ったとしても、当家は室田家の者どもから嘲《あざけ》りを受ける。それがわしには口惜しい」

　前園も唇を噛んだ。

「御家老、わたしはどうすれば……」

秋月は訴えかけた。

「そなたは、どうする必要もない。そなたは、濡れ衣を着せられたのじゃからな」

「ですが、わたしは殿から軽挙妄動を慎むよう諫められたにもかかわらず、無謀な挙に出て、御家に迷惑をかけてしまいました」

秋月はうなだれた。

「それは、殿への忠義から出た行いであろう」

前園は理解を示した。

「それは、そうですが、しかし、このままでは、殿に迷惑をかけたままとなります」

「そなたの気持ちは殿に伝えておく」

前園は秋月の肩をぽんぽんと叩いた。

「御家老、わたしはこのままでは……」

「どうしても、何かをやりたいのか」

目を凝らし前園は問いかけた。

「はい」

力強く秋月はうなずいた。

「ならば、これはわしの独り言じゃがな……」

前園は前置きをした。

秋月は眦《まなじり》を決した。

「当日、室田備前守を殺害する……」

前園は独りごちた。

「備前守さまを……」

さすがに秋月は唇を震わせた。

「いや、これはつい口が滑った。聞かなかったことにしてくれ。いくら何でも、そんなことは……ただ、わしも、備前守のわが殿に対する仕打ちがどうにも許せずに、つい、そんなことを申してしまった」

前園はすまぬと発言を取り消した。

「はあ……」

秋月は思い詰めた顔になった。

「すまぬな」

前園は腰を上げようとした。

やおら、

「御家老、やらせてください」

秋月は甲走った声を発した。

「そ、そなた……」

前園はまじまじと秋月を見返す。

「やらせてください。わたしは、命を捨てた者です。上野を殺しに行った段階で死ぬつもりでした」

強い眼差しで秋月は言った。

「そこまで申すか」

前園はうなずく。

「御家老、お願い致します」

秋月は強い口調で言った。

「よし、やれ。但し、そなたが見事備前守を討ち果たしたなら、わしが責任を負う。すべてはわしの指図でやらせたとして、わしは備前守への糾弾状《きゅうだんじょう》を書き、切腹するつもりじゃ」

前園の顔は紅潮した。盛清が名付けた渋柿のようだ。

「御家老を巻き添えにしてしまい、申し訳ございませぬ」

秋月は両手をついた。

「なに、殿への忠義、我らで示そうではないか。このままでは、大内家は文弱の徒と嘲笑《わら》われるばかりじゃ」

「おおせの通りです」

「大内家にも気骨ある武士らしい武士、忠義の武士がおったと天下に示そうではないか」

前園は声を震わせた。

「承知しました」

感激の面持ちで秋月は返事をしてから、

「椿殿を仲間に組み入れましょうか」

と、提案をした。

「椿を……」

前園は顔を歪《ゆが》める。

「椿殿は家中切っての使い手でござります。備前守さまを襲撃するとしたら、心強い味方となります。というか、備前守さまを守る者たちを凌《しの》ぐには、椿殿の手助けが必要でござります」

「椿はな、大殿にべったりじゃ。あ奴こそが、殿をないがしろにする不忠者の先鋒《せんぽう》じゃぞ。今回の和議に応じようとしておる。そのような者を頼るな」

叱責するような厳しい口調で前園は拒絶した。

秋月は唇を噛み、うなだれた。

五

弥生《やよい》一日、桜満開の昼下がり、横手藩大内家下屋敷に、室田備前守正直一行がやって来た。正直が乗った螺鈿《らでんざいく》細工の駕籠《かご》の周囲を、飯塚兵部と鐙無念流の門人たちと大貫左京が守り、表門から屋敷内に入った。

表門近くでは平九郎や矢代、前園たち大内家の重臣が出迎えた。薄紅の花をつけた桜が舞い落ちる中、正直は駕籠から下り、主殿へと向かった。

一行が主殿に入ったところで、秋月が平九郎に近づいて告げた。

「間違いありません。飯塚こそが上野さまが殺された時、花膳に出入りしていた侍です」

「やはりか」

平九郎が首を縦に振ると、秋月は目を伏せ、立ち去ろうとした。その姿には思い詰めた様子が伺える。

矢代と前園も主殿の中に入った。

「秋月殿、何を思い悩んでおられる」

平九郎は秋月を引き留めた。

「あ、いえ、何でもござらぬ……」

秋月は平九郎と目を合わせようとしない。

「嘘、こぐでねえ」

お国訛《なま》りで平九郎は語りかけた。

「こいでねえ」

秋月は蚊の鳴くような声で否定したが、

「なあ、本当のことを申してくれ」

平九郎は目を凝らした。

ようやく秋月は平九郎を見返し、

「備前守さまを討つ……」

と、呟くように言った。

「馬鹿な真似はするな。せっかく、関係が修復されるのだぞ」

「室田正直は、大内家を馬鹿にしておるのだ。文弱だと蔑《さげす》んでおる。謝罪する気なんぞ、さらさらないのだ」

感情を昂《たかぶ》らせ、秋月は言い立てた。

その憑《つ》かれたような面持ちに平九郎は違和感を抱いた。秋月は人の影響を受けやすいところがある。

「誰に吹き込まれたのだ」

「別に誰でもござらぬ」

「そういえば、わたしと矢代殿が花膳で上野さまと会うこと、誰に聞いたのだ、殿に間違いないのか」

「それは……」

「花膳で会うのを知っておったのは、わたしと矢代殿と西念殿、それに殿と前園殿だけだ。西念殿とは懇意にしておらぬな。となると殿か、前園殿、そういえば、先だっても前園殿と何やらひそひそと話しておったな」

「前園さまは、殿への忠義厚きお方ですぞ」

秋月の声が大きくなった。

秋月は前園に煽《あお》られていたのだ、と平九郎は確信した。前園は秋月にばかりか、事あるごとに強硬な意見を述べ立てていた。

室田家との対立を深めようとしているかのようだ。秋月が正直を斬殺《ざんさつ》すれば、いや、暗殺に失敗しても刃傷《にんじょう》に及んだだけで、大内家は窮地に立たされる。謝罪をしにやって来た相手を騙し討ちに及んでは、大内家は改易《かいえき》に処せられる。

そんなことがわからない前園ではあるまい。

また、室田正直の動きも怪しい。これまでの強硬姿勢を一転させての宥和《ゆうわ》姿勢だ。先頃の評定所の裁許が上野による裁許文書改ざんとわかり、立場が悪くなるのを危惧してのことだろうか。

それにしても、自分の方から大内屋敷にやって来るとは、いくら何でも調子が良すぎるのではないか。

これは、ひょっとして……

前園は正直と通じているのではないか。

主殿の広間で宴《うたげ》が催された。

平九郎は前園を呼び、秋月と共に小座敷で面談に及んだ。

「御家老、秋月殿に備前守さまを討たせようとなさったのですな」

強い口調で平九郎は問いかけた。

「何のことじゃ」

前園はそっぽを向いた。

すると秋月が、

「御家老、惚《とぼ》けないでください」

かっと両目を見開き問いかける。

「御家老、一体、何がなさりたいのですか。備前守さまを襲撃などしては、当家が改易になりかねませぬぞ。御家老は当家を潰したいのですか」

平九郎は前園に詰め寄った。

前園はうなだれた。

が、それも束の間のことで、じきに顔を上げるや立ち上がり、小座敷を飛び出し、広間へと向かって走っていった。

平九郎も追いかける。

「室田備前守、天誅《てんちゅう》を加える」

大声で叫び立てると脇差を抜いて正直に斬りかかった。

迅速《じんそく》に飯塚が飛び出し、抜く手も見せず、脇差で前園の胸を刺した。鮮血を舞い上がらせながら前園は仰向けに倒れた。

「こ、これは、いかなることじゃ。座興にしては趣味が悪過ぎますぞ」

正直は盛清を睨んだ。

「殿、引き上げましょう」

飯塚と門人たちが正直を守るように取り囲んだ。

「わが殿を謀殺せんとするとは、このこと、評定所に訴えますぞ」

勝ち誇ったように言うと、飯塚は正直を守りながら広間を出ようとした。

「待て」

平九郎が広間にやって来た。

「前園新左衛門を籠絡《ろうらく》したのは飯塚殿ですな」

「何を馬鹿な」

飯塚は吐き捨てた。

「飯塚殿は前園を誘い込み、備前守さまを襲撃させ、失敗に終わらせ、それを口実に大内家の取り潰しを狙ったのだ」

轟然と平九郎が言うと、

「ほう、そうか、なるほど、さすがは、嘘つき殿、いや、正直殿じゃな」

盛清が笑った。

「いくら、大殿でも無礼ですぞ」

正直は顎の肉を震わせた。

「椿、何を証《あかし》に申すか」

摑みかからんばかりの勢いで飯塚は言った。

ここで大貫が立ち上がった。

「まさしく、椿の申す通りだ。それがし、前園に公金横領の濡れ衣を着せられ、大内家を追い出された。前園と飯塚の間で、今回の企ての絵図を描いたのであろう」

「なにを……」

飯塚が言葉を詰まらせると、

「秋月殿、参られよ」

平九郎は秋月を呼んだ。

秋月は堂々とした歩みで入って来た。

「秋月殿、この場に上野法賢さまが殺された時、花膳に出入りした侍がおりますな」

平九郎が声をかけると、

「おります」

秋月はしっかりと答えた。

「どの者ですか」

再度の問いかけに、

「飯塚兵部殿でござる」

指差し、秋月が返した。

と、次の瞬間、飯塚が飛び出した。矢のように秋月に迫る。同時に右手を懐中に入れたと思うと、強い勢いで前方に突き出す。

春光《しゅんこう》を弾《はじ》く巨大な針が握られていた。

咄嗟《とっさ》に平九郎は秋月を突き飛ばした。秋月は横転した。

飯塚は勢い余って前にのめったが、じきに体勢を整え平九郎と対峙《たいじ》した。

平九郎はじりじりと後ずさりし、濡れ縁に出ると庭に降り立った。飯塚も追って来る。

そこへ、正直に供奉してきた喜多方藩の藩士たちが殺到した。飯塚が師範を務める道場の門人たちである。彼らは刀の下げ緒を襷掛けにし、袴の股立《ももだ》ちを取っていた。

総勢十人余り、しかも、いずれも手練れである。下屋敷を警護する横手藩の侍たちも駆けつけてきたが、数で勝っても腕で負けない者となると心もとない。抜刀しているものの、腰が引け、成行きを見守り始めた。

秋月は立ち上がり平九郎に走り寄る。

平九郎は覚悟を決め、秋月も眦を決した。

平九郎と秋月は背中合わせになり、敵の動きを見定める。

「秋月殿、手傷を負わせるだけでよいのですぞ」

向島で野盗たちを相手にした時の言葉を繰り返した。

「承知しております」

秋月は思いの外、落ち着いている。

飯塚たちは平九郎と秋月を囲んだ。懐に踏み込もうとすると敵を寄せ付けないよう、平九郎は一歩踏み込む。指を斬ると素早く引く。秋月も同様に動き、決して相手の誘いに乗らなかった。

防御に徹した二人を相手に複数人数で斬り立てれば、同士討ちの恐れがある。

敵は攻めあぐねた。

「落ち着け、相手は高々二人だ。椿と秋月のみぞ。他の者どもは物の数ではない」

飯塚は挑発に出た。

「おのれ」

秋月が歯嚙みをする。

「聞き流すのです」

平九郎は冷静に声をかける。

すると、飯塚は、

「屑《くず》どもを倒せ」

と、加勢に加わった横手藩士に狙いを変えた。横手藩士たちは浮き足立った。そこへ、容赦なく飯塚たちの刃が襲いかかる。

藩士たちは逃げ腰になった。

このとき、

「逃げるな！」

盛清の叱責の声が飛んだ。

盛清は濡れ縁に立って、睨んでいる。藩士たちは踏みとどまり飯塚たちと刃を交える。

そこへ、

「佐川権十郎、助太刀致す」

という威勢のいい声と共に佐川がやって来た。小袖の裾を捲り上げ帯に挟んで大八車を引いている。大八車には沢山《たくさん》の竿竹が積んであった。

佐川は竿竹を横手藩士に渡した。

「これをぶん回しな。なに、狙いなんざ、つけることあねえよ」

と、自ら竿竹を両手に持ち、飯塚たちに向かってぶんぶん振り回す。それに倣《なら》い、藩士たちも竿竹を振り回し始めた。

白刃が交わる斬撃戦となると恐怖に足がすくむが、これなら敵との距離が保て、おまけに剣術の技量は関係ない。

藩士たちは活気づいて反撃を開始した。

「気楽、でかした！」

盛清が佐川を賞賛した。佐川は得意げに右手を上げる。

平九郎が、

「攻めますぞ」

と、秋月を誘い攻撃に出た。

秋月も鬱憤を晴らすかのように勢い込んだ。

竿竹に追い立てられた敵は平九郎と秋月に攻めかかられ、算を乱した。平九郎は勢いに流されることなく、自らに深追いを諫めた。

敵の白刃を避け、敵の動きに合わせて、退いたり押したりを繰り返し、指、太股に手傷を負わせる。

「何をもたついておる」

正直も濡れ縁に出て飯塚たちを叱咤した。

しかし、侮っていた横手藩の善戦に焦りを募らせる。みるみる、敵は地べたに倒れ、残るは飯塚兵部一人となった。

飯塚は平九郎を睨み、

「雑魚は片付いた。椿、二人で勝負しようぞ。熊退治が勝つか虎退治が勝つか、だ」

「いいでしょう」

平九郎は飯塚の挑戦に応じた。

「みんな、手出しするんじゃねえぞ」

佐川が大きな声で横手藩士たちを制した。

盛清も熱い眼差しを向ける。

正直はおどおどと落ち着きを失くしていた。

風が強くなった。

桜が花吹雪となって二人を包む。

「鎹無念流、秘剣熊の爪！」

針を持った右手を飯塚は突き出した。平九郎は首を右に動かす。

そこへ、針がくる。

左へ避けた。

そこにも針は襲いかかる。

平九郎は横転した。それでも飯塚は攻撃の手を緩《ゆる》めない。息つく間もなく、針で突いてくる。

平九郎は転がりながら石ころを掴むと、飯塚の顔面に投げつけた。

飯塚は右手で顔面を守った。

石ころが手の甲に当たり、針が落ちた。

平九郎は立ち上がった。

濡れ縁で二人の対決を見ていた盛清が、家臣に声をかけた。

家臣が平九郎と飯塚に大刀《だいとう》を届けた。

二人は大刀を腰に差し、抜刀した。

飯塚は大上段に振りかぶる。

平九郎は下段に構える。

麗《うら》らかな春の日差しが平九郎を温かく包み込む。

飯塚は踏み込もうとした。

しかし、間合いが詰まらない。

平九郎の前に薄い蒼の靄のようなものがかかり、野鳥や小川のせせらぎが聞こえてくる。

戦闘意欲が奪われてゆく。

すると、平九郎は大刀の切っ先をゆっくりと動かす。吸い寄せられるように飯塚の目は切っ先を見る。

平九郎は切っ先で八文字《はちもんじ》を描いた。

いつしか、飯塚の目に平九郎の大刀は朧《おぼろ》に霞《かす》んだ。

が、幸いにして、ぼんやりとした視界がくっきりと浮かぶ。

平九郎は大刀を正眼に構えた。

「ええい!」

飯塚は大上段に構えたまま斬り込んできた。

が、そこにいるはずの平九郎の姿はない。

代わりに桜吹雪に吹き込まれた。

平九郎は峰を返すと、飯塚の首筋を打ち据えた。飯塚は膝から頽《くずお》れた。

「横手神道流、必殺剣朧月」

平九郎は言った。


半月後、葉桜の時節となり、花膳の奥座敷で平九郎は大貫左京、それに佐川権十郎と酒を酌み交わした。

飯塚は上野法賢殺しの咎《とが》で南町奉行所に引き渡された。近く評定所で吟味が行われる。

藤間源四郎の働きにより、喜多方藩の抜け荷品、手抜き喜多方漆器が摘発され、室田正直は隠居、喜多方藩は五万石に減封となった。

老中斉木越前守も抜け荷の罪状を明らかにすべく、公儀御庭番が国許に派遣されるという。

お鶴が平九郎と大貫、佐川に酌をした。

「大貫さま、室田さまの御家中を辞されたとか」

心配げにお鶴は訊いた。

「なに、どうにでも食っていける」

大貫はさばさばとした様子だ。

「その意気だぜ」

調子よく佐川が口を挟んだ。

「前園殿、どうして御家を裏切ったのやら」

解《げ》せないと平九郎は小さくため息を吐いた。

「そりゃ、金に決まっているさ。まこと、御家の金を横領しておったのは、前園だったんだろう。それが発覚する前に、埋め合わせをした。その資金を室田家から貰ったに違いないさ。加えて、大内家を改易とまではいかずとも減封へ追い込めば、褒美をくれるとでも言われたって寸法よ」

佐川の考えは間違ってはいないだろうと、平九郎は思った。

「そろそろ、初鰹《はつがつお》、それから鮎《あゆ》が食べられますよ」

お鶴に言われ、

「鮎は国許でも食したが、初鰹はないな。そんなにも美味《うま》いのか」

平九郎は生唾が湧いてきた。

「それはもう……」

お鶴は言葉を止めた。

おやっとして平九郎が見返すと、

「はっきりと申しまして、大して美味しくはありません。高い値ですから、ありがたいだけです。江戸っ子は初物《はつもの》が好きです。流行《はやり》に踊らされます。本当は秋の戻り鰹の方が脂《あぶら》がよく乗って美味しいのですよ」

お鶴は説明してくれた。

「違いねえさ。女房を質《しち》に入れても食え、なんて粋《いき》がっている馬鹿もいるがな。なに、江戸者の見栄ってやつさ。肝心なのは中味だってこった……でもな、おれは、そんな江戸者が嫌いじゃねえよ。こう言うおれもいきがっているんだがな……ま、いいや。ごちゃごちゃ御託並べちゃ酒がまずくなるな、すまねえ」

佐川は照れたように頭をかいた。

なるほど、そんなものかと感心しつつ、

「そうそう、大殿から褒美を頂戴しました」

平九郎は着物の袖から書付を取り出した。

「感状か」

大貫が問いかけてきた。

平九郎は首を左右に振って答えた。

「名の一字を授けてくださった。盛清の清の字を頂戴し、椿平九郎義正から清正《きよまさ》だ」

書付を平九郎は広げた。

そこには、盛清の達筆な文字で、「清正」と書いてあった。

「正真正銘の清正になったってわけだ。こいつはいいや」

愉快そうに佐川は笑った。

春が深まったのどかな昼下がり、平九郎の前途は萌えるような若葉に彩られていた。

時代小説

二見時代小説文庫

椿平九郎《つばきへいくろう》 留守居秘録《るすいひろく》1 逆転《ぎゃくてん》！ 評定所《ひょうじょうしょ》

二〇二一年 一月二十日 初版発行
二〇二四年 三月二十五日 再版発行

著者 早見《はやみ》 俊《しゅん》

発行所 株式会社 二見書房
〒一〇一-八四〇五
東京都千代田区神田三崎町二-一八-一一
電話 〇三-三五一五-二三一一 [営業]
〇三-三五一五-二三一三 [編集]
振替 〇〇一七〇-四-二六三九

印刷 株式会社 堀内印刷所
製本 株式会社 村上製本所

ISBN978-4-576-20203-7
https://www.futami.co.jp/